KB080524

마리아와 마리아

마리아와 마리아

박에스더 지음

Horrible Garden

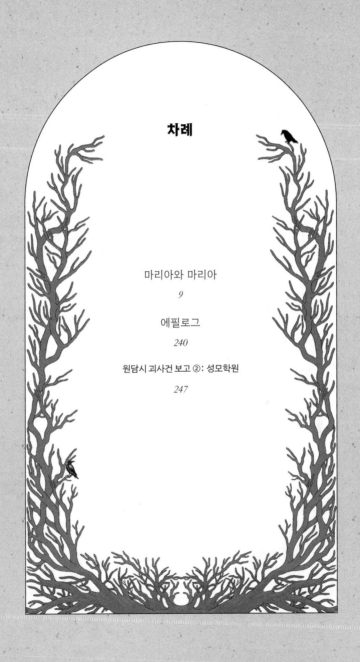

차례

원담시 괴사건 지도

1 메아리산장
2 성모학원
3 원담힐타운하우스
4 바이오연구소
5 원담교도소
6 석모터널
7 원담여대 기숙사
8 석모저수지
9 청람고등학교
10 황 회장 대저택
11 오즈랜드
12 호가스포츠센터
13 원담역

흑백으로 이루어진 그림 속에 들어선 기분이었다.

잿빛 하늘, 사방으로 펼쳐진 검은 나무 그리고 끝없이 펼쳐진 새하얀 눈.

그것 말고 다른 색채는 보이지 않았다.

쏟아지는 눈이 소리마저 전부 흡수해버렸다. 깊은 고요, 너른 적막.

멍하니 서서 그것들을 가만히 보았다.

들여다보면 뭔가가 보일 것도 같아서. 하지만 눈이 내리는 검은 숲은 그 속내를 안으로 가린 채 보여줄 생각이 없는 듯했다. 분명 저 안에 뭔가가 있었는데, 순간 사라지는 환영처럼 그게 뭔지 알 수가 없었다.

"뭐 해?"

멍하니 서 있는 게 잘못이라는 듯 날카로운 목소리가 들렸다.

이쪽도 검은색과 흰색이다. 머리에 푹 눌러쓴 긴 베일이 검은 그림자를 더욱 짙게 했다. 움직일 때마다 눈에 발목까지 푹푹 잠겼다. 몸이 무거워진 지는 오래였다. 얼마나 계속 이 산속을 걸었더라?

정확히 언제부터인지 기억이 나지 않을 정도로 오래된 기분이었다. 아주아주 오랫동안 그저 이 산의 숲과 계곡과 연신 구부러지는 길을 걷고 또 걷고 있는 기분.

"빨리 움직여. 어둠이 찾아오기 전에 정문에는 도착해야 해."

어둠이 찾아오기 전에…….

그 말이 유독 뇌리에 깊게 남았다.

"어둠이 찾아오면 어떻게 되는데요? 여기 뭐가 있나요?"

무심코 묻는 말이었는데 수녀가 우뚝 멈춰 내 쪽을 보았다. 아니, 정확히 말하면 내 뒤에 펼쳐져 있는 어두운 검은 숲이다. 푹 눌러쓴 베일 아래 수녀의 눈초리가 숲을 한번 훑었다. 그렇게 보면 뭔가 흔적이라도 볼 수 있을 것처럼.

하지만 수녀라고 해서 유별난 눈을 가진 건 아니었을 거다. 나처럼 아무것도 발견하지 못한 수녀가 다시 시선을 돌렸다. 눈으로 뒤덮인 길 끝으로.

거기엔 우리가 도착할 곳이 있었다. 성모(聖母)학원.

이 지역에서는 그래도 누구나 한 번쯤은 들어본 적 있을 유명한 곳이었다. 그러나 그게 언제 지어진 건지, 어쩌다 여기에 생긴 건지, 거기서 생활하는 아이들은 어떻게 모인 건지 아무것도 제대로 알려진 것은 없었다. 원래는 갈 곳 없는 아이들을 가르치는 보육시설이었다는 얘기도 있었고 예술 쪽으로 학생들을 길러내기 위해 세운 자선단체라는 얘기도 있었다.

그러나 그저 소문이었을 뿐 그 무엇도 진짜는 아니었다. 사실은 누구도 진짜가 뭔지 궁금해하지 않았다. 그런 건 이곳에서 아무런 가치가 없으니까. 외부로 알려질 필요가 없는 곳은 그런 데 가치를 두지 않을 테니까.

갑자기 누군가의 시선이 느껴졌다.

눈동자.

'응?'

고개를 들었다. 역시나 무언가 있는 듯했다. 저기 수직으로 자라난 빽빽한 검은 나무들 사이, 어딘가에.

일부러 미간을 찌푸린 채 숲속을 노려보았지만 당연하다는 듯 아무것도 보이지 않았다. 차가운 공기에 얼어가고 있는 손가락으로 눈을 비볐다. 아직도 내 망막 어딘가에 그 시선이 남아 있는 것만 같았다. 나를 쳐다보던 찌를 듯한 그 눈동자가.

대체 누가? 왜?

그런데 그렇게 묻는 게 타당한 일일까?

지금 우리가 향하는 성모학원은 나에겐 낯선 곳이었다. 처음 가보는 그곳에 아는 사람이 있을 리 없었다. 그런데도 그 눈동자는 내 상상 속 부산물이 아니라 진짜 살아있는 존재가 자신을 슬며시 드러낸 것처럼 숲 사이로 스쳐 지나갔다.

동물적인 감각, 맹수와 같은 눈동자.

"어둠과 그림자가 있지."

느닷없이 들리는 목소리에 깜짝 놀랐다. 옆에서 걷던 수녀의 목소리였다. 함께 걸어가고 있다는 것조차 잊고 있었다.

어둠이 찾아오면, 어둠과 그림자가 있다고?

"당연한 말을……."

거기까지 중얼거리다가 헛말이라도 뱉은 것처럼 입을 다물었다. 어둠이 있는데 그림자는 왜 있는 거지? 그림자는 해가 떠 있는 낮에나 생기는 게 아니던가? 빛과 그림자가 아니라, 어둠과 그림자라니…….

수녀는 이미 다른 생각에 머물고 있는 것 같았다. 그녀의 시선이 잠시 아무것도 없는 허공에 걸렸다.

휘잉!

"바람까지 불다니."

혼잣말처럼 중얼거리는 수녀의 목소리엔 왠지 적대감 같은 게 어려 있었다. 바람이 불어서 화가 난 걸까. 이해할 수 없었다. 지금은 겨울이었다. 이런 산속에선 이만한 바람이 제멋대로 부는 것도 이상한 게 아니었다. 그러나 수녀의 말투에선 누군가 일부러 이런 겨울바람을 불게 했다고 믿는 것 같은 흉흉한 기색이 느껴졌다.

"……."

걸음을 재촉하며 수녀가 낮은 목소리로 욕을 내뱉었다. 나는 듣지 못한 척 따라 걸었다. 들은 걸 내색할 수도, 그럴 필요도 없었다.

칼날 같은 바람이 뺨을 스쳤다. 바람이 얼어붙어 붉어진 귓가에 닿았다가 떨어질 때마다 무슨 소리를 속삭이는 것 같았다. 마치 내가 여기에 온 것을 환영하지 않는다는 듯이.

오싹한 느낌이 들었다. 그러나 그런 데 신경 쓸 여력이 없었다. 언제 끝날지도 모르는 아득한 외길을 따라 앞만 보고 걷는 것만으로도 버거울 지경이었다. 앞으로 얼마나 남았는지, 얼마나 더 걸어야 하는지 알 수 없어 힘이 빠졌다.

"아……."

어느새 눈앞에 어두운 건물이 나타났다. 갑작스럽게.

칙칙한 검회색 벽돌로 세워진 건물인데 고색창연하고 뾰족한 첨탑이 솟아 있었다. 옆으로 딸린 부속 건물까지 내 눈에 난데없이 들어왔다.

성모학원.

가는 길 내내 울창한 나무숲에 가려져 보이지 않던 성모학원은 길 끝에 도달해서야 문득 몸을 돌리면 눈앞에 등장하는 이상한 곳에 있었다.

그래서인지 건물은 장막처럼 드리운 나무숲과도 닮은 모습이었다.

이런 건물을 어째서 이렇게 산속 한가운데, 외따로 지은 걸까.

지었다기보다 마치 이곳에서 스스로 사라난 것도 같았다. 어디선가 드드드, 하는 굉음이 환청처럼 들렸다. 뾰족한 고딕식 첨탑이 눈에 덮인 흙을 들썩이며 밀어 올리고 하루 만에도 쑥쑥 자라나는 죽순처럼 솟아나 종래엔 이 일대를 모조리 집어삼킬 듯한 위압감이 들었다.

어두운 첨탑의 끝엔 더 이상 울리지 않는 듯한 종이 달려 있었고 그 아래로는 둥그런 장미창이 도드라졌다. 햇빛이 비치면 색색으로 빛날 테지만, 곧 밤이 찾아올 잿빛 하늘 아래선 장미창도 그 위용을 잃었다. 시들어버린 장미로 가득한 창과 울리지 않는 종, 뾰족한 건물의 꼭대기 층에서 깜빡이는 몇 쌍의 눈동자.

꽤애애액!

한 놈이 부리를 커다랗게 벌리고 토하듯이 소리를 뱉어냈다. 소스라치며 눈을 돌렸다.

볼썽사납게 놀란 건 나뿐이었다. 수녀에게는 그런 것들이 전부 익숙한 모양이었다. 팔뚝보다 더 큰 까마귀들이 우짖거나 말거나 수녀는 눈이 치워진 돌바닥을 성큼성큼 내디뎠다.

"쯧, 그렇게나 정문부터는 눈을 쓸어놓으라고 했건만. 담당이 누구야? 하여간, 게을러 빠져가지고."

여기부터 정문임을 알리는 두 개의 커다란 돌탑 사이를 넘어 딛자 돌이 촘촘하게 깔린 길과 정원이 펼쳐졌다. 제대로 관리한 지 오래된 모양인지 관목들이 대부분 제멋대로 자라나 있었다.

우줄거리는 나뭇가지와 그 위로 수북하게 쌓인 눈들. 원래라면 정원의 중간 벽 역할을 했어야 할 회양목 울타리는 이미 그 기능을 거의 상실한 듯 볼품없는 모양새였다. 눈으로 덮여 보이지 않지만 돌이 깔린 바닥 사이마다 잡초가 무성하게 자라나 있을 거였다.

저 멀리 구석에 보이는 작은 분수대 역시 초라하게 얼어붙어 있었고, 그 주변을 장미 넝쿨이 괴이한 굴곡으로 두르고 있었다.

"아!"

쌓인 새하얀 눈 사이로 새빨간 무언가가 보였다. 때를 모르고 피어난 장미 봉오리였다.

왜인지 측은한 기분이 들었다. 제대로 펴보지도 못하고 얼어붙어 결국 죽고 말 한 송이 장미. 펼친 꽃잎은 이미 눈에 덮여 반쯤 얼어 있었다.

곧 그렇게 죽을 것이다.

"야!"

앞서 걷던 수녀가 흘깃 돌아보곤 외쳤다. 나는 얼른 고개를 꾸벅이곤 종종걸음으로 수녀의 뒤를 따랐다.

"죄송해요."

나를 빤히 쳐다보는 수녀의 표정이 무서워서 얼른 죄송하다는 말부터 꺼냈다. 창백한 수녀의 얼굴에 낯선 기색이 스쳐 지나갔다. 책망이 서린 것도 같고 연민이 드리워진 것도 같았다.

그러나 아주 잠깐 드러난 그 모호한 표정을 다시 볼 수는 없었다.

군데군데 눈이 덮인 길을 걷다 보니 정문 현관 앞에 도착했다.

살짝 안으로 말리듯 들어간 형태의 현관 양옆 기둥에는 뭔지 알 수 없는 기이한 생물체가 조각되어 있었다. 목을 비틀고 있는 사지와 툭 튀어나온 섬뜩한 눈알. 이곳에 들어오는 자들은 전부 이렇게 되리라고 경고하는 듯싶었다.

"빨리 들어와. 뭐 하는 거야?"

수녀의 채근에 얼른 시선을 거두고 안으로 들어섰다. 무거운 철문에는 불투명한 유리가 외눈처럼 박혀 있었다. 철문을 열자 끼익거리는 소리가 유난스럽게 귀를 간질였다.

순간, 색색의 그림자가 차가운 현관 바닥에 드리워졌다. 구름 사이로 살짝 들이친 햇살이 스테인드글라스 너머로 잠깐 빛을 던져준 모양이었다.

넓은 현관홀의 중심에는 '그 사람'이 있었다.

사람이었지만 사람이 아니게 된 자. 사람이 아니게 되어 모든 기도와 소원을 받게 된 자. 사람이지만 신과 더 가깝게 여겨지는 자.

천천히 고개를 들어 올렸다. 둥그런 현관홀 천장에는 금색으로 테두리가 그려져 있었다. 이곳에 서면 누구나 천장을 올려다볼 거라는 사실을 안다는 것처럼. 거대한 성모상의 머리 너머로 보이는 천장의 금색 테두리는 종교화에 흔히 묘사되는 광배, 헤일로처럼 보였다.

이곳으로 들어오는 자들을 지켜보는 양 아래로 스르륵 떨어진 하얀 눈동자, 그러모은 하얀 손, 살짝 고개를 옆으로 숙이고 생각에 빠진 듯한 자태, 파도치는 것 같은 곡선의 섬세한 옷자락.

정교하게 만들어진 성모상은 곧 숨이라도 내쉴 것처럼 생동감이 느껴졌다. 올려다보면 이내 성모와 눈이 마주칠 것 같았다. 하지만 대리석으로 만들어진 성모의 눈은 어디까지가 검은자위인지 알 수가 없게 전부 희었다. 그래서 나뿐만 아니라 다른 것들까지도 전부 쳐다보고 있는 기분이 들었다.

"이게 이곳이 '성모학원'이라고 불리는 이유지."

수녀는 그렇게 말하며 겨우 보일락 말락 한 미소를 얼굴에 내비쳤다.

"아주 오래전, 이 근처에 수도원을 세우기 위해 어디든 가리지 않고 떠돌아다닐 때 꿈속에서 성모님이 현현하셨다고 하거든. 그리고 꿈속의 장소를 찾아오니 이 대리석상이 있었고."

"자라난 것처럼요?"

내 반응이 맥락 없는 것 같았는지 수녀가 눈썹을 찌푸렸다. 하지만 순순히 대답해주었다.

"땅에 반쯤 묻혀 있었다니까, 표현으로만 따지자면 자라났다고 할 수도 있겠네."

땅에 묻혀 있었을, 저 거대하고 흰 석상.

눈을 아래로 내리깐 채 기도를 하고 있는 저 석상을 처음 발견한 사람은 무슨 기분이었을지 궁금했지만 짐작만 할 뿐이었다.

"거꾸로 묻혀 있었다지."

수녀가 아무렇지도 않게 그 말을 하고서 따라오라는 듯 고갯짓했다.

거꾸로…….

* * *

"성모님의 신실함 안에서."

낮은 목소리가 복도를 울렸다. 짙은 감색 원단의 똑같은 옷을 입은 학원생들이 서로를 향해 고개를 숙였다.

무릎 아래까지 내려오는 긴 치맛단에 추위를 막아보려고

털실로 짠 긴 양말들이 눈에 띄었다. 겹겹이 껴입은 외투들은 연신 바스락거리는 소리를 냈다.

기다란 창문 바깥으로는 눈 쌓인 정원과 그 뒤로 시선을 가로막는 검은 숲이 지키듯 서 있었다. 학원 건물을 가운데 두고 둥그렇게 막고 있는 모양새였다.

학원의 건물은 넓은 중앙 정원을 사이에 두고 크게 두 개로 나뉘었다. 앞쪽으로는 예배당과 넓은 홀이 있는 중앙 건물이, 뒤쪽으로는 기숙사가 각각 디귿 자 형태로 자리 잡고 있었다. 중앙 건물 앞으로도 작은 정원이 있었는데, 그 정원을 빠져나가야만 가장 바깥의 정문에 다다를 수 있었다.

중앙 정원에서 양옆으로 갈라진 길 중에서 동쪽으로 난 길을 따라가면 다용도실과 교실이 있는 건물이 있었으며, 서쪽으로 난 길을 따라가면 역시 나무로 둘러싸인 수녀원이 있었다. 그곳은 학생들이 출입할 수 없는 수녀들만의 공간이었다. 따라서 학생들에게는 서쪽 길을 이용하는 것조차도 허락되지 않았다.

학생들을 지도하고 가르치는 수녀들은 당번처럼 돌아가며 바뀌었는데 주로 어린 수녀들이 직접적으로 학생들을 지도했다. 수녀원에서 지낸 시간이 길어 어느 정도 연차가 찬 수녀들은 기도실 관리나 성가대 운영 등 부차적인 일들을 맡곤 했다.

아예 수녀원 밖으로 나오지 않는 수녀들도 있었기에 정확한 숫자는 알 수 없었지만 학원생들이 짐작한 바에 따르면 열두어 명 정도의 수녀가 성모학원에 기거하고 있었다. 그 중 수녀원장은 이곳에서 절대적인 권한을 가졌으며 그녀가 내리는 지시와 말에 모든 학원생과 수녀가 순종했다. 이들은 그것이 신실함의 증거라고 생각했다.

쏴아아.

어디에서 불어오는지 모를 바람이 창문 사이를 비집고 들어와 학생들의 머리칼을 날렸다. 학생들이 바람에 어깨를 옹송그렸다.

이곳에 고립된 채 오랫동안 타인들과 교류 없이 지낸 이들은 이곳을 세상에 마지막으로 남은 피난처처럼 여겼다. 바깥은 이미 다 망해서 생존한 사람은 없고 오로지 이곳에 남은 우리들만이 아무것도 모르는 채로 자라고 있다고.

그만큼 이곳에는 들고 나는 소문도 없었다. 날개가 있는 새들조차 멀리 날지 않았다. 그저 숲과 학원 주변만을 빙글빙글 돌 뿐.

빙글빙글.

고립된 생활을 견디다 못해 도망친 몇몇 학원생도 결국은 빙글빙글 떠돌다 돌아오고 말았다. 멀리, 더 멀리 가보려고 해도 눈을 뜨면 다시 성모학원 건물이 눈앞에 보인다고 했다. 이쪽으로 가도, 저쪽으로 가도, 또 다른 쪽으로 가도. 그래서 공식적으로는 이곳에서 도망친 사람은 없었다. 도망쳐

봤자 다시 제 발로 걸어 들어올 수밖에 없었으니까.

이곳은 성모님의 축복이 깃든 곳. 모두가 신실한 마음을 가지고 배움에 정진해야 하는 곳.

그 배움의 끝에 무엇이 있는지는 아무도 알지 못했다. 그저 언젠가는 끝이 있겠거니 어림짐작할 뿐이었다.

"성모님의 신실함 안에서."

서로 저녁 인사를 하는 학원생들 사이로 전에 없던 소문이 굽이 도는 물길처럼 퍼져나갔다.

이미 가을 학기가 시작된 지 오래였는데 전학생이 왔다는 이야기였다. 낡은 외투를 입은 학원생들이 불안한 얼굴로 서로를 마주 보았다.

전학생이 왔다고?

어째서? 왜?

학기 중간에 전학생이 온 적은 한 번도 없었잖아.

곧 진짜 겨울이 올 텐데 어쩌라는 거지?

그런 속닥거리는 이야기들은 눈빛과 눈빛으로 더욱 빠르게 전해졌다. 누군가 창문을 가만히 내다보았다. 오늘도 하늘은 짙은 잿빛 구름에 휩싸여 있었다. 요 며칠간 제대로 된 해를 보지 못했다. 다들 입 밖으로 꺼내진 않았지만 이번 겨울은 유독 혹독할 거라고 예감했다.

예상 밖의 시기에 갑자기 등장한 전학생.

성모학원은 1학년 입학생이 3학년 졸업반까지 그대로 올라가는 게 상례였다. 정해진 규율 같은 것이었다. 특히나 겨울을 목전에 두고 다른 데서 학생이 오는 일은 의아했다. 새로운 건 좋지 않다. 바뀌는 것도 좋지 않다.

겨우 이제 졸업반인 3학년이 되었는데, 여기서 어이없게 삐끗하고 싶은 사람이 있을 리 없었다. 그저 죽은 듯이 조용히 견디고 또 견디다가 졸업을 맞는 게 모두의 염원이었다.

"……어떻게든 겨울을 잘 넘겨야지."

누군가의 입에서 그런 소리가 흘러나왔다.

겨울. 그 단어만 들어도 다들 몸이 움츠러들었다. 게다가 올해는 유독 눈이 오는 시기가 일렀다. 아직 채 이파리가 다 떨어지지 못한 나무들의 가지마다 흰 눈이 무겁게 쌓여 위태롭게 매달려 있었다.

눈이 많이 쌓인 겨울날이면 학원을 가둔 것처럼 빽빽하게 둘러싼 숲속에서 더 먼 데서부터 시작되었을 듯한 소리가 들려오곤 했다.

낮에는 소음에 섞여 들리지 않는 소리도 고요한 밤에는 유독 깨끗하게 잘 들리는 법이었다. 더 먼 데서 시작해 숲을 건너, 정문과 정원을 건너 기숙사 창문까지 뱀처럼 넘어 들어온 소리들은 아이들의 귓가에 비명을 풀어놓곤 했다. 주로 눈의 무게를 견디지 못한 나뭇가지들이 찢어지는 소리였다. 쩌억.

나뭇가지가 아니라 다른 것이었대도 아이들에겐 아무런

상관이 없었다. 아니, 오히려 잘된 일이라고 봐야겠지.

"마리아."

학원생들이 도열해 있는 복도로 수녀 중 하나가 모습을 드러냈다. 통통한 얼굴의 베로니카였다. 베로니카가 움직일 때마다 그녀를 두른 까만 수녀복이 함께 덩실덩실 움직였다.

베로니카는 그나마 학원생들이 붙임성 있게 다가가는 수녀였다. 막내 수녀인 베로니카는 성모학원에 온 지 채 3년이 되지 않았다. 가끔은 수녀라기보다는 성모학원의 맏이 학원생 같기도 했다. 그래서인지 다른 수녀들은 그런 베로니카를 언제 무슨 사고를 칠지 모르는 어린애로 여겼다. 수녀원장이 시킨 일을 할 때 외에 다른 수녀들이 자발적으로 베로니카와 함께 다니는 건 누구도 본 적이 없었다.

베로니카가 수녀들이 아니라 학원생들에게 더 큰 친근감을 느끼는 건 당연한 일인지도 몰랐다. 아주 가끔, 베로니카는 수녀 기숙사에서 남은 간식이 생기면 말을 잘 들은 학원생들에게 나눠주기도 했다.

베로니카가 다른 수녀들 몰래 전달한 간식은 그걸 받은 학원생의 친구들에게 나누어졌고, 그들은 개미 떼처럼 모여들어 모든 걸 나누어 먹었다. 이곳에서 도태되지 않고 살아남기 위한 하나의 방편이었다. 언제 자신이 약자로 전락해 도움을 청하게 될지 모르니 다른 아이들에게 두루 잘해주어야 했다. 특히나 일종의 권력 같은 걸 가진 학원생이 있다면 더욱더. 그게 아무리 알량하다 할지라도.

"마리아?"

베로니카가 동그란 눈을 깜박이며 복도에 서 있는 학원생들을 보았다. 마리아가 저녁 점호에 빠질 리가 없었다.

"네, 베로니카 수녀님."

정숙하게 서 있는 아이들 사이로 머리가 쑥 올라와 있는 학생이 입을 열어 침묵을 깨트렸다.

서늘한 분위기를 자아내지만 늘씬한 몸매에 이목구비가 뚜렷했다. 누가 한 붓으로 그려낸 것만 같은 얇고 긴 눈썹, 길고 깊은 눈, 호박색 눈동자, 갸름한 얼굴과 앞머리 없이 묶은 단정한 포니테일 머리 스타일까지.

어디에 있어도 눈에 띄는 타입이었다. 굳이 소리 내 말하지 않아도 시선이 모두 쏠리는 방향에, 원래 거기가 자기 자리인 것처럼 아무렇지도 않게 서 있는 사람.

"여기 있습니다."

마리아가 한 발 앞으로 나서며 말했다. 검은 머리칼이 찰랑거렸다.

"네가 전학생을 좀 맡아야겠다."

마리아의 눈썹이 골치 아프다는 듯 살짝 위로 올라갔다. 하지만 대답하는 목소리에는 감정이 담기지 않았다.

"네, 알겠습니다."

"따라오렴. 지금 원장수녀님 방에 있으니까."

베로니카의 뒤를 마리아가 잠자코 따라갔다. 몇몇 학원생이 그런 마리아를 안타깝다는 눈으로 바라보았다.

마리아의 긴 눈이 한 번 깜박였다. 유독 색소가 옅은 호박색 눈동자는 순한 동물의 그것과 비슷했다.

마리아는 베로니카의 뒤에서 대여섯 칸 정도의 거리를 두고서 일정한 보폭으로 계단을 따라 내려갔다. 원장수녀의 집무실은 중앙 건물의 1층, 햇볕이 잘 드는 곳에 있었다. 성모학원에 관련한 중요한 결정은 전부 이 집무실에서 이루어졌다.

"원장수녀님께서는 정말로 전학생을 받을 생각이신 건가요, 베로니카 수녀님?"

마리아가 넌지시 묻자 베로니카가 고개를 돌려 올려다보았다.

"아마도. 그러니 너까지 부르시는 거겠지. 물론 이게 보통일이 아니라는 건 아시겠지만……."

베로니카가 말끝을 흐렸다. 그녀 역시 다른 학생들이 느낄위화감을 우려하는 듯했다.

마리아가 살짝 눈을 내리깔았다.

원장수녀가 그런 선택을 한 데는 이유가 있을 것이다. 혹은 적어도 어떤 운명이 개입을 했겠지.

마리아는 그렇게 생각하며 마음의 갈피를 다잡았다.

집무실 문 앞에 다다른 베로니카가 조심스럽게 노크했다.

똑똑.

안에서 들어오라는 목소리가 들렸다. 베로니카가 큰 마리
아를 보며 고갯짓을 했다.

문을 열자 익숙지 않은 따뜻한 공기가 큰 마리아의 목덜
미를 끌어당기듯 휘감았다. 학원생들은 따뜻한 물이 부족해
서 세수도 겨우 하는 형편이었다.

원장수녀의 방 안에는 백합이 피어 있었다. 성모 마리아의
순결과 고귀함을 상징하는 흰 백합. 커다란 흰색 꽃잎이 활
짝 벌어진 사이로 선명한 주홍색 수술이 보였다. 그 위로 벽
에 걸린 마리아상이 방 안을 굽어보고 있었다. 과연 성모의
눈에 어떤 장면이 비치고 있을지, 알 수 없는 노릇이었다.

"아, 마리아."

얘기를 나누던 원장수녀가 마리아를 보곤 고개를 끄덕였
다. 원장수녀 옆으로 두 사람이 더 있었다. 창백한 얼굴의 유
안 수녀와 작은 몸집의 여자애 하나.

방 안에 들어선 마리아가 슬며시 시선을 들어 소파에 앉
은 아이의 머리통을 보았다.

이 아이다. 가을의 끝 무렵에 온 아이. 검은 머리칼, 아직
은 아무것도 모르는 듯한 뒷모습, 둥근 어깨 그리고……

"마리아가 데려왔다고 했죠?"

그 말에 마리아가 고개를 돌렸다. 원장수녀가 늙수그레하
고 탁한 눈빛으로 쳐다보고 있었다.

마리아가 고개를 끄덕였다.

"네."

"성모님의 뜻으로."

원장수녀의 통통한 손가락이 가슴께에서 성호를 그었다. 주름진 얼굴과 새하얀 머리칼은 그녀가 이미 노년에 이르렀음을 선명히 드러냈다. 그러나 늘어진 눈꺼풀 사이로 보이는 그 눈동자, 회백색의 탁한 눈동자엔 아직 미련을 버리지 못한 어떤 욕망이 짙게 감돌고 있었다. 적어도 신을 모시는 자가 품을 소박한 욕망은 아니었다.

원장수녀가 입꼬리를 끌어 올려 겨우 미소를 지었다.

"그럼 이름을 지어줘야겠군요. 이런 시기에 전학생을 받는 건 처음이지만 받지 않을 수도 없는 노릇이니까요."

"이름이요?"

앉아 있던 아이가 고개를 들었다. 마리아가 그녀의 얼굴을 가만히 내려다보았다.

이 아이가 분명했다.

원장수녀가 별것 아니라는 듯 대답했다.

"여기 학원생들은 전부 새 이름을 받습니다. 성모학원에서 새 삶을 시작한다는 의미죠."

원장수녀가 전학생과 마리아를 번갈아 보았다.

"마리아가 발견했으니 같은 이름을 따서 작은 마리아로 합시다. 마리아는 이제부터 큰 마리아로. 괜찮죠?"

원장수녀가 되는대로 정해놓고 의견을 묻는 듯이 한 사람씩 둘러보았다. 유안 수녀가 가장 먼저 반응했다.

"좋은 이름입니다, 원장수녀님. 어때, 너도 마음에 들지?"

차마 마음에 들지 않는다고 대답할 수 없을 만큼 고압적인 투였다. 옆에 있던 베로니가가 눈치를 보다 거들었다.

"마리아는 좋은 이름이란다. 우리 성모학원에 다니는 학원생이라면 누구나 가지고 싶어 하는 이름이지."

"자, 이름도 지었고 얼굴도 봤으니 내보내세요. 나는 할 일이 많습니다."

원장수녀가 손을 휘휘 내저으며 등을 돌리자 유안 수녀가 얼른 고개를 숙였다.

"네, 원장수녀님. 큰 마리아?"

유안 수녀가 턱짓을 하자 큰 마리아가 고개를 끄덕였다.

"가자, 작은 마리아."

작은 마리아가 숙이고 있던 고개를 들었다. 눈이 마주치자 저도 모르게 흠칫하는 눈치였다.

큰 마리아는 눈을 피하지 않았다. 큰 마리아의 짙은 호박색 눈동자가 순간 빛났다.

호박색 눈동자.

그 눈과 마주친 순간, 작은 마리아는 움직일 수 없었다.

큰 마리아가 살며시 작은 마리아에게 손을 뻗었다. 그 손은 하얗고 길었다. 현관홀에 우뚝 서 있던, 대리석으로 만든 성모상의 손처럼.

"······."

큰 마리아의 손이 자신의 손을 감싸자 작은 마리아의 눈이 커졌다. 큰 마리아는 맞잡은 손에 조금 더 힘을 주었다. 살짝 고개를 기울이며, 안 따라오고 뭐 하냐는 듯.

작은 마리아가 그제야 자리에서 일어났다. 원장수녀에게 인사를 하곤 둘이서 문밖으로 나섰다.

"언제 오나 했는데, 이제 왔구나."

그 말은 꼭 오래 기다리고 있었다는 투였다.

"자."

큰 마리아가 건넨 건 자신이 두르고 있던 목도리였다. 작은 마리아는 손안에 감기는 보드라운 촉감을 느꼈다.

"뭐야?"

"지금은 가을의 끝이야. 곧 겨울이 오니까 감기에 걸리면 안 돼. 애들 사이에서 유행이 되면 난감해지거든."

원장수녀 방에서 나오니 확실히 공기가 차가워졌다.

어디선가 성가대의 노랫소리가 들려왔다. 큰 마리아가 고개를 들고 노랫소리가 들려오는 쪽으로 슬쩍 시선을 돌렸다.

"저녁 찬송 시간이야."

큰 마리아가 대수롭지 않다는 듯 말하고서 작은 마리아의 소지품 가방을 잠깐 보았다.

"수녀님께서 네 적응을 나한테 맡기셨어. 따라와. 저녁 식

사 시간이 시작되기 전까지 짐 갖다 놓고 옷을 갈아입어야
해. 교복은 받았어?"

꼼꼼하게 챙겨주는 말에 작은 마리아가 고분고분 고개를
끄덕였다. 작은 마리아에게는 아까 원장수녀 방으로 가기
전에 눈대중으로 사이즈를 재서 빌은 교복이 한 벌 있었다.

"여분은 없을 테니까 조심해서 입어. 세탁은 금요일 저녁
에 하고. 그래야 주말에 말려서 월요일에 다시 입을 수 있을
거야."

횡.

1층 바깥으로 나오자 한 줄기 바람이 불었다. 어느새 눈앞
에는 어둠이 깔려 있었다. 작은 마리아가 저도 모르게 숲이
있는 쪽을 바라보았다. 불빛이라고는 저 멀리 정원의 끝에
걸어둔 작은 외등 하나가 전부였다.

위태롭게 일렁이는 주황색 불빛 뒤로는 전부 암흑이었다.
달도 별도 보이지 않는 밤하늘에 휩싸인 짙은 어둠이 잔뜩
웅크린 채 이쪽을 노려보고 있었다. 당장에 무엇이 튀어나
와도 이상하지 않을 것만 같았다. 그렇게 어둠을 응시하다
보면⋯⋯.

새하얀 것이 작은 마리아의 시야를 메웠다.

"계속 보지 마."

큰 마리아의 손이었다. 작은 마리아가 무엇을 보고 있는지
안다는 듯 눈을 가려버린 거였다.

"······왜?"

큰 마리아의 긴 눈이 작은 마리아를 향했다. 잠깐 고민하는 듯하더니 큰 마리아가 은근한 목소리로 대답했다.

"왜냐면, 어둠도 너를 보거든."

* * *

식당은 좁고 길었다. 학원생들이 식사를 하는 이곳은 중앙 건물의 동쪽 날개에 붙어 있었다. 서쪽 날개에는 예배당과 성가대실, 원장수녀의 집무실이 있었고 동쪽 날개에는 식당과 식료품 저장고, 성찬에 쓰일 술을 보관하는 곳이 있었다.

식당 안에 놓여 있는 긴 나무 식탁은 오래되어 보였다. 한쪽 벽면에는 '최후의 만찬' 벽화가 그려져 있었다. 유난히 선명한 색감이 내 눈길을 단박에 사로잡았다.

열두 명의 제자와 한 명의 메시아는 금방이라도 살아서 움직일 것처럼 역동적이면서도 세밀했다. 한마디로 표현하자면 기운이 넘쳤다. 사람에게서도 그런 게 느껴지듯, 그림에서도 붓질을 한 사람의 힘이 느껴졌다. 누구나 숱하게 보았을 소재의 그림에서 저런 독특하고 위력적인 분위기가 흘러나올 수 있다니, 신기했다.

식당의 긴 창문은 전부 두툼한 재질의 천 커튼으로 가려져 있었다.

밖에 있는 어둠이 우리를 보지 못하게 하려는 건가. 갑자기 그런 어이없는 생각이 들었다.

그렇게 생각하며 멍하니 보고 있는데, 무겁게 내려앉은 커튼의 한 자락이 희미하게 흔들렸다. 마치 보이지 않는 손이 커튼 끝자락을 들추며 장난치는 것처럼.

뭐지?

"들어와."

큰 마리아의 목소리에 퍼뜩 정신이 들었다. 커튼은 어느새 제자리였다. 한 번도 흔들린 적 없다는 듯 뻔뻔하게 입을 닫고 걸려 있었다.

이상해.

이곳에는 뭔가 불편하고 이상한 기운이 감돌았다. 학원의 모든 곳에 보이지 않는 덫이, 꼬투리를 잡을 함정이 도사린 기분. 조금만 방심해도 마음이 계속 그리로 끌려갔다. 여기 어디 홀로 있다가는 느닷없이 나타난 덫에 꽉 물려 영영 이곳에 스미거나 묻혀버릴 것만 같은 등골 서늘한 느낌.

식당 안에는 테이블마다 가운데 희미한 촛불이 놓여 있었다. 큰 마리아가 속삭였다.

"여긴 너무 산속 깊은 곳이라 전기가 제대로 안 들어오거든. 그래서 정말 필요한 때만 사용하고 평소엔 이런 걸로 대신해. 물론 해가 긴 여름에는 상황이 좀 더 괜찮아. 하지만 지금은 곧 겨울이 오기 때문에……."

거기까지 말한 큰 마리아는 갑자기 입을 다물었다. 앞에 밝은 무언가가 앞에 섰다. 사람이 촛불을 들고 다가온 줄 알았는데, 빛난 건 촛불이 아니라 그 애의 얼굴이었다.

"마리아!"

옅은 핑크빛 숄에서 튀어나온 그 애의 하얗고 긴 팔이 내 옆에 있는 큰 마리아를 끌어안았다. 길고 풍성한 갈색 곱슬머리가 파도처럼 움직였다.

"아녜스."

큰 마리아가 그 애의 이름을 불렀다.

아녜스.

나는 속으로 그 이름을 되뇌었다.

아녜스가 살며시 몸을 떼고는 큰 마리아의 얼굴을 빤히 보았다. 눈송이도 얹힐 것 같은 긴 속눈썹, 그 아래 커다랗고 반짝이는 눈동자, 사슴처럼 긴 목덜미와 나비처럼 우아한 움직임 같은 말은 전부 그 애를 위해 존재하는 것 같았다.

"보고 싶었어. 저녁 시간 내내 어디에 있었던 거야?"

애교가 묻어나는 목소리에 큰 마리아가 힐긋 아녜스를 내려보았다.

아녜스는 칙칙한 외투를 걸친 여느 다른 학원생들 사이에서 확연히 돋보였다. 척 봐도 부드러워 보이는 핑크빛 숄을 그 애만이 걸치고 있었다. 그것이 그 애를 칙칙한 세상에 홀로 떨어져 사는 천사처럼 보이게 했다.

사르르 눈을 접어가며 아네스가 웃었다. 하지만 감흥 없는 듯 큰 마리아의 표정은 변하지 않았다.

"너도 들었을 거 아냐. 전학생이 왔어. 그리고 작은 마리아는……."

"작은, 마리아, 라고?"

아네스의 목소리에서 불편한 심기가 느껴졌다. 그 애를 잘 모르는 나도 쉽게 알아챌 만한 감정이었다.

그러나 큰 마리아는 모른 척 태연하게 대답했다.

"그래, 원장수녀님께서 그 이름을 주셨어."

"너도 허락했고?"

아네스의 커다란 눈동자가 큰 마리아를 뚫어져라 보았다. 흔들리지 않는 집요한 눈동자가 기묘했다.

큰 마리아가 가만히 입을 열었다.

"모든 건 성모님의 신실함 안에서 행해지는 일이야."

"……"

이 말에는 아네스도 토 달 수 없었는지 잠깐 입만 벙긋거리더니 다시 다물었다. 그러다 아네스의 시선이 휙 돌아가 옆에 있는 나에게 닿았다.

예쁜 얼굴, 사나운 눈초리. 화난 모습까지도 아름답도록 성심껏 그려놓은 그림처럼.

"얘야?"

아네스는 나를 보면서도 큰 마리아에게 물었다.

식당에 앉아 소리 없이 밥을 먹던 다른 학원생들 역시 일제히 이쪽을 쳐다보았다. 대부분 퍼석하게 마른 얼굴이었는데 서서히 엷은 막이 씌워지듯 묘하게 흥미로워하는 표정들이 얹혔다.

큰 마리아가 주위를 둘러보곤 입을 열었다.

"그래, 이 애가 전학생 작은 마리아야. 그리고 수녀님께서 작은 마리아를 나에게 보살피라고 하셨어. 앞으로 이 애가 내 화실 당번을 할 거야."

"뭐?"

아녜스의 예쁜 얼굴이 새하얗게 질렸다. 아녜스의 뒤편에 서 있던 무리와 이쪽을 흥미롭게 쳐다보던 다른 아이들도 전부 마찬가지였다. 소리 없이 지켜보던 학원생들이 가만히 속삭이는 게 들렸다.

전학생이 화실 당번이 된대.

그럴 수 있는 거야? 이렇게 갑자기?

그동안 아녜스가 얼마나 하고 싶어 했는데.

"왜? 그러면 안 돼?"

큰 마리아가 아녜스를 똑바로 쳐다보았다. 그 눈동자가, 그 목소리가 가진 힘은 이 안에 있는 그 누구도 감당 못 할 만큼 위압적이었다.

"우리 아녜스, 착하잖아."

은근히 달래는 듯한 큰 마리아의 말에 순간 아녜스의 귓

불이 붉게 달아올랐다. 주춤하는 아녜스에게 큰 마리아가
손짓했다.

"먼저 화실에 올라가 있어. 나도 밥 먹고 올라갈 테니까."

"저번에 그리다 만 거 그릴 거야?"

"응."

기대했던 대답이었는지 아녜스가 활짝 웃었다. 그야말로
천사 같은 미소였다.

"응, 준비 다 하고 올라가 있을게. 옷은 저번처럼 입으면
돼?"

"그래."

아녜스가 고개를 과장되게 끄덕였다.

큰 마리아도 아무 일 없던 것처럼 태연하게 걸음을 옮겼
다. 그러자 다른 학원생들도 허겁지겁 시선을 식판으로 되
돌렸다.

"이쪽에 서면 돼."

큰 마리아가 나를 향해 손짓했다. 여전히 아무렇지도 않은
얼굴이었다.

배식을 받는 줄이었다. 그제야 코끝에 스멀스멀 음식 냄새
가 났다. 동시에 허기가 밀려들었다. 눈길을 헤치고 겨우겨
우 학원에 도착하는 데 이미 하루치 기운을 전부 써버린 탓
이었다. 게다가 오늘은 정말 종일 아무것도 먹지 않았다.

"다음."

배식 당번의 건조한 목소리가 이어졌다. 그러다 멈칫했다. 앞에 서 있는 사람이 누군지 알아차린 모양이었다.

"아, 마리아. 늦게 왔네?"

배식 당번의 목소리가 금방 사근사근해졌다. 큰 마리아가 한번 웃어 보이곤 옆에 있는 나를 가리켰다.

"전학생이야. 이름은 작은 마리아. 내가 맡을 거고."

배식 당번의 눈이 슬쩍 내게로 향했다. 고개를 끄덕이더니 당번이 나에게 말했다.

"난 데레사. 마리아의 말도 있고, 게다가 오늘은 처음일 테니…… 자."

데레사는 내가 들고 있는 배식판에 수프를 두 번 떠주었다. 그래봤자 멀건 국물에 건더기도 보이지 않는 수프였다. 옆의 다른 당번이 큰 마리아에게 반찬을 올려주며 많이 먹으라고 말해주는 게 들렸다. 괜한 말이 아니었다. 그녀의 배식판에는 학원생들과 뚜렷이 차이 날 만큼 푸짐하게 음식들이 담겼다.

"여기 앉자."

자리를 잡고 앉자마자 큰 마리아가 두 손을 모았다. 나도 얼른 따라서 했다. 그렇지만 무엇을 기도해야 할지 몰라 그저 멍하니 있을 뿐이었다.

그사이 곧 서늘한 감각이 되살아났다. 흔들리는 촛불과 돌로 만든 벽에서 은근하게 뿜어져 나오는 냉기, 오래된 나무 식탁과 배식판에 놓인 초라한 음식에서 나는 냄새까지. 식당은 마치 제가 내놓은 음식을 학원생들이 먹는 것을 달가워하지 않는 양 굴었다.

어느새 기도를 마친 큰 마리아가 나를 따뜻한 눈길로 보았다.

"먹어."

무엇을 어떻게 먹어야 할지 알 수 없었다. 겨우 숟가락을 들어 멀건 수프를 떠먹었지만 아무 맛도 나지 않았다. 다행히도 따뜻하게 데워져 있어 몸에 온기를 더해주긴 했다.

"맛이 없어도 먹을 수 있을 때 먹어둬. 겨울이 오면 그나마도 맛보기 힘드니까."

"그게 무슨 소리야?"

"곧 있으면 겨울이 오고, 추수의 기간이 다가올 테니까."

추수의 기간.

큰 마리아의 말에서 낯선 단어가 들렸다. 본디 추수는 가을에 하는 게 아니던가. 겨울이 오는데 무엇을 추수한다는 건지 알 수 없었다.

"너, 눈길을 걸어서 여기까지 왔지?"

알고 묻는 큰 마리아의 말에 고개를 끄덕였다.

"응."

"눈이 얼마나 왔어?"

"어떤 곳은 발목까지 쌓여 있었어."

"올해는 유독 겨울이 빨리 와서 상황이 안 좋아. 원래 같으면 첫눈이 오기까지는 한 일주일 정도 더 있어야 하거든."

"겨울이 빨리 오는 게 왜 안 좋아?"

내가 그렇게 묻자 큰 마리아가 반쯤은 어이없다는 듯 웃었다.

"지금 그 길을 걸어와놓고도 그런 말이 나와?"

큰 마리아가 말을 이었다.

"성모학원과 가장 가까운 마을이라고 해봤자 그 산길을 걸어서 한 시간은 가야 해. 여름에야 해도 길고 걸리적거리는 것도 없으니 웬만해선 다닐 수 있지만 겨울엔 눈이 와. 그것도 많이. 그럼 이곳까지 사람이나 차가 들어올 수 있을 것 같아?"

"아……."

"산속의 눈은 겨울이 머무는 동안 녹는 법이 없지. 겨울이 시작되면 계속 쌓이기만 할 뿐이야. 그래서 눈이 오기 전에 최대한 겨우내 버틸 식량을 마련해두고, 그렇게 길고 긴 겨울을 넘겨야 하는 거야. 눈이 지금보다 더 내리기 시작하면 여긴 철저하게 외부와 고립되지. 예전에 이곳이 그냥 수도원이었을 땐, 겨울 금식 기도를 하는 기간이었다고 해."

오래전의 수도원.

검은 수녀복을 입은 채 흰 눈 위를 종종거리는 그림자들이 눈앞에 선하게 그려졌다. 속세와 떨어져 오는 이도 없는 곳에서 오직 신을 모시는 것이 이들에게 주어진 일의 전부였으니 그때나 지금이나 다를 바도 없을 것이다. 마지막 식량까지 떨어지고 나면 자연스레 움직이지도 않고 그저 무릎을 꿇은 채 기도해야 했을 것이다. 다시 해가 높이 뜨고 봄 햇살에 눈이 녹기 시작할 때까지.

"지금은 물론 기간이 많이 짧아지긴 했지만 그래도 고립되는 건 막을 수 없어. 최대한 준비해둔 식량을 아껴 먹으며 몸과 마음을 정갈하게 하는 거지. 그게 추수의 기간이야."

"얼마나 길어질지는 모르는 거고?"

큰 마리아가 미소 지었다.

"맞아. 눈이 언제 내리기 시작할지, 그러다 언제 그칠지는 오직 성모님만이 아시니까. 눈이 내리는 동안에는 모든 걸 아껴야 해."

"그런데 뭘 추수한다는 거야?"

큰 마리아는 그 말엔 제대로 된 대답을 해주지 않았다.

* * *

성모학원은 숲으로 둘러싸여 있었다. 자연과 시간이 만든 거대한 단절의 단면에 화석처럼 박힌 채.

창문 밖으로 검은 숲이 보였다. 나는 그 숲을 지나 이곳에 왔다.

내가 왔던 날을 빼곤 다행히 눈이 더 이상 내리지 않았다. 수녀들은 겨울을 날 준비를 하는지 자주 외지로 나갔다 왔다. 그때마다 낡은 차 뒤편에 무엇인지 모를 물건들을 잔뜩 실어 왔는데 학원생들에게 나누어지는 건 아무것도 없었다.

물론 학원생들은 일절 돈을 내지 않았다. 이곳에서 제공하는 건 전부 공짜였다. 과중한 노동으로 그 값을 대신하긴 했지만.

오랜만에 구름 사이로 햇살이 비쳤다. 스테인드글라스의 그림자 아래로 줄 선 학원생들이 발소리도 내지 않고 조용히 걸음을 옮겼다. 붉고 푸른 그림자들이 검은 머리칼과 짙은 감색 교복 위로 아롱거렸다.

이곳에 온 지 며칠이나 지났더라…….

성모학원을 가두고 있는 고요는 시간의 흐름까지 먹어 치운다. 손에 잡힌다는 감각도 없을 정도로 시간은 아무렇게나 흘러가버렸다. 아무도 모르게 모든 시간을 야금야금 집어삼키는 것 같았다. 하지만 그래도 몇 가지는 알 수 있었다.

큰 마리아는 성모학원에 딱 한 명 있는 예술특기생이었다. 정확히 말하면 그림을 그렸다. 그것도 이 성모학원에 있는 성화들을.

성모학원에는 대대로 3년에 한 명씩, 성모학원을 위해 일할 사람을 뽑아왔다.

아니, 사실은 학원을 위해 일하는 게 아니었다. 이곳의 모

든 사람이 성모를 위해 각자의 능력으로 직접 봉사하는 것
이었다.

다른 학원생들과 달리 큰 마리아는 자신의 붓으로 성스러
운 성모를 직접 그리고 그걸 영원히 박제할 수 있었다. 식당
에 있는 최후의 만찬도 큰 마리아가 1학년 때 그린 벽화라고
했다. 그제야 나는 처음 식당에 들어섰을 때 그림에서 느껴
졌던 기운이 어디서 발현된 것인지 비로소 알 수 있었다.

그 최후의 만찬은 큰 마리아를 닮았다. 거기에 그려진 사도
들의 모습이 큰 마리아를 닮았다는 게 아니라 그림에서 느껴
지는 분위기가 그랬다. 그림 속 그들은 함께 비장하게 최후의
만찬을 하면서도 어딘지 모르게 서로를 서늘하게 대하는 듯
보였고 어쩐지 다른 믿는 구석이 있는 것처럼 보였다.

진짜 최후가 아니라는 걸 알면서 연기를 하는 듯한 묘한
이중성이 그림에 담겨 있었다. 다만 그 벽화에서 그런 감정
을 느끼는 건 나뿐인 듯싶었다.

하여튼 중요한 건, 큰 마리아가 성모에게 직접 뜻을 전할
수 있는 유일한 사람이라는 거였다. 어쩌면 다른 수녀들이
나 원장수녀보다 더 큰 힘을 발휘할 수 있는 걸지도 몰랐다.

물론 겉으로는 원장수녀가 가장 높은 데를 차지하고 앉아
내려다보았다. 수녀들도 단차를 두고 높은 곳에서 학생들을
관리했다. 하지만 그들조차도 큰 마리아만은 다르게 대하는
것 같았다. 아니, 다르게 대해야만 한다고 여기는 듯한 분위

기가 있었다.

눈치 빠른 학원생들은 이미 그걸 알았고, 큰 마리아의 특별한 위치는 절대적인 규율을 만들었다.

마리아는 우리와 달라.

마리아는 유일한 존재야.

마리아는 성모님께 직접 그림을 바칠 수 있어.

마리아의 곁에만 있어도 성모님의 은총을 받을지 몰라.

그런 추측과 소문들은 차곡차곡 쌓여 큰 마리아의 위상을 다져주는 단단한 지반이 되었다. 그러니 이곳은 큰 마리아의 땅이었다. 이곳에 있는 누구든 큰 마리아의 권위를 인정하지 않고는 지나다닐 수 없었다.

'나에게는 다행인 일이지.'

수녀들도 이걸 다 알고서 큰 마리아에게 나를 맡긴 걸까. 큰 마리아의 곁에 있으면 아무리 전학생이라고 해도 다른 학원생들이 함부로 대하지는 못할 테니까.

큰 마리아는 그들의 기대보다도 훨씬 더 그 일을 잘 수행해주었다. 나를 바라보는 그 호박색 눈동자, 쓸어 올려 묶은 머리칼, 창백한 피부 그리고 그 피부 표면에 서리처럼 얇게 깔린 서늘한 분위기로.

어제는 아침에 알람이 울리기 바로 직전, 왜인지 묘한 기분이 들어 침대에서 눈을 번쩍 떴다. 그리고 코앞에서 내 얼굴을 들여다보고 있는 그 눈과 시선을 마주쳤다.

사람이 너무 놀라면 비명도 나오지 않는다는 걸 그때 알았다.

호박색 눈동자는 깜빡이지도 않고 나를 집요하게 보았다. 속이 비칠 것만 같았다. 그 안에 떠돌아다니는 금색 파편이 보일 것만 같았다.

아래쪽에 있던 나에게로 새까만 머리칼이 흘러내렸다. 뱀처럼. 살아있는 것처럼.

자고 있던 내 위에 올라타 빤히 보고 있던 건 다름 아닌 큰 마리아였다. 숨을 한번 훅 들이마신 그녀는 아무렇지도 않게 내 침대에서 슬며시 내려갔다. 자연스럽고 태연한 동작이었다.

큰 마리아는 가끔 그런 구석이 있었다. 아주 낯설고 예상치 못한 행동을 아주 자연스럽게 해내곤 했다. 그때도 큰 마리아에게 왜 그랬냐고, 뭐라 말도 하지 못했다. 왜 침대에 올라와 있었는지, 왜 그리 뚫어져라 보고 있었는지 묻지 못했다.

물어보면 안 될 것 같았다. 그래, 그 표현이 좀 더 정확할 것이다.

아무래도 돌아올 대답이 짐작되지 않아 무서웠다. 왜인지 대답을 듣는다 하더라도 속이 편할 것 같지 않았다.

그래서 그냥 그대로 두었다. 큰 마리아도 그 이후로는 내 침대에 올라오지 않았다.

"작은 마리아."

아직 익숙해지지 않은 이름이었지만 정신이 번뜩 들었다.

고개를 들어보니 베로니카 수녀가 날 보며 손짓을 하고 있었다. 복도에 서 있던 다른 아이들은 어느새 예배당 안으로 전부 들어간 뒤였다. 스테인드글라스의 빨갛고 파란 그림자 속에 남은 건 이제 나뿐이었다.

"죄송해요."

나는 얼른 고개를 숙이곤 예배당 안으로 들어섰다.

철컹.

문소리가 묵직하게 났다. 뒤에서 베로니카 수녀가 예배당의 문을 닫는 소리였다.

주말이면 성모학원의 모든 학원생이 모이는 전체 예배 시간이 있었다. 주말의 전체 예배 그리고 매일 아침의 성심기도, 금요일 저녁에 있는 한 주 끝 예배, 또 이런저런 구실들로 모이는 기도와 찬송과 참회의 시간들.

이곳을 채우는 건 그런 기도와 눈물이 대부분이었다. 다른 감정들은 허락되지 않았다. 오로지 성모를 향한 정갈한 마음과 감정만이 이곳에서 겉으로 마음껏 표현될 수 있는 유일한 것이었다.

낮에는 오르간 소리가 예배당 안을 메웠다. 이어지는 찬송가 멜로디가 삐죽 솟은 예배당의 지붕까지 감돌았다.

줄줄이 늘어선 긴 의자들 앞에 무릎을 꿇은 채 두 손을 모으고 있는 학원생들. 모두의 머리엔 흰색 레이스 보가 덮어놓은 것처럼 얹혀 있었다.

이곳에 온 지 며칠이나 지났지만 나는 아직도 추수의 기간에 대해 정확한 얘기를 듣지 못했다. 큰 마리아는 굳이 답을 해줄 필요가 없다고 생각하는 것 같았고, 다른 학원생들과는 그런 이야기를 주고받을 정도로 친해지지 못했다.

추수의 기간이라는 말은 마주 지나치는 다른 학원생들의 수군거림에서 더욱 빈번하게 등장했다. 대체 무엇을 추수한다는 뜻일까. 그러나 내가 그들이 나누는 얘기를 엿듣는 기미가 보이면 다들 그대로 입을 다물어버리곤 했다.

공식적인 화실 당번인 나는, 정체를 알 수 없는 모호한 존재였다. 학원생들은 그런 특혜를 받은 대상을 가만 내버려둘 수 없을 것이다. 그러나 저들이 그렇게 가까워지고 싶어 하는 큰 마리아의 옆을 계속 지키고 있으니 나를 함부로 대하지 못하는 것이다. 만약 내가 없었다면 자신이 그 자리를 차지할 수도 있었을 거라고, 아니 원래 자신의 자리였다고 생각하는 아이들도 있었다. 그들은 어디서 마주치건 나를 향해 침을 뱉듯 적대적인 시선을 노골적으로 던지곤 했다.

그런데 정작 나는 큰 마리아의 화실에 들어가본 적이 한 번도 없었다. 말뿐인 화실 당번이었다.

이런 상황을 모두가 알았다. 아녜스는 날 볼 때마다 당연히 그럴 줄 알았다는 표정을 짓곤 했다. 지금까지도 그리고 앞으로도 큰 마리아의 화실에 드나들 수 있는 건 자기뿐이라는 것처럼.

큰 마리아의 화실에 들어간다는 건 그야말로 모두가 부러워하는 일이었다. 다들 대놓고 표현하진 않았지만 큰 마리아의 성심(聖心)이 펼쳐지는 화실을 구경해보고 싶어 했다.

큰 마리아의 화실은 성모학원 안에서도 가장 높은 곳에 있었다. 다락방이 딸린 넓은 공간이었다. 큰 마리아는 혼자서 그곳을 다 쓰고 있었다. 거기서 잠을 자기도 하는 모양이었다.

원래 사람이란 허락되지 않은 곳에 더 많은 관심을 기울이는 법이었다. 문틈으로 살짝 본 화실 안에선 짙은 물감 냄새가 먼저 풍겨 나왔다. 뭐라 말할 수 없는 오묘한 냄새였다. 그리고 켜켜이 쌓여 있는 캔버스들이 보였다. 아직 사용하지 않은 빈 것도 있었고 스케치만 되어 있는 것들도 있었다. 완성된 것인지 천에 가려져 무슨 그림인지 알 수 없는 것들도 있었다.

다들 궁금해했다. 그동안 큰 마리아가 그린 그림에 어떤 사람의 얼굴이 들어가 있는지.

"……이번에도 아녜스 얼굴은 안 들어갔다면서?"

무릎을 꿇고 앉은 학원생들 사이로 수군거리는 소리들이 가느다랗게 떠돌았다. 큰 마리아가 가장 최근에 완성한 그림에 대한 소문이었다.

"자기가 큰 마리아의 모델이라고 항상 자랑하더니. 그게 진짜 모델이라고 할 수 있나?"

"그러게나 말이야. 그러면서도 저렇게 고개 빳빳이 들고 다니잖아."

"몸밖에 쓸모가 없는 거지. 얼굴이 그렇게 천사처럼 예쁘면 뭐 해. 큰 미리아의 그림으로 남겨지지 못하는데."

"지금까지 그려진 것도 없지 않아?"

"아녜스가 말하지 않은 걸 보면 아마 그런 것 같은데."

"하긴. 만약 한 점이라도 자기 얼굴을 그린 게 있다면 더 기고만장해서 자랑을 늘어놓고도 남았을 텐데 말이야."

소문의 끝을 물들이는 건 비웃음.

아녜스가 큰 마리아의 모델이라는 건 누구나 다 아는 사실이었다. 그래서 내가 처음 이곳에 와서 큰 마리아와 함께 다닐 때 아녜스의 심기가 불편해 보였던 거였다. 큰 마리아의 곁에는 언제나 자신만 있어야 한다고 여기는 듯했다.

큰 마리아가 나에게 화실 당번을 시켰을 때 화를 낸 이유도 마찬가지였다. 그동안은 오로지 자신만이 드나들던 화실이었는데 어디서 굴러먹다 온 건지도 모르는 내가 끼어든 셈이었으니. 그러나 큰 마리아는 나에게 화실로 오라는 말을 한 적이 없었다. 여전히 그 화실에 드나들 수 있는 건 아녜스뿐이었다.

성모님의 은총을 받아 그림을 그리는 큰 마리아.

학원생들 사이에는 그런 큰 마리아의 그림에 얼굴이 그려진 사람은 영원한 천국에 들어간다는 믿음이 있었다.

"그리고 추수를 당하지도 않게 되지."

응?

누군가의 목소리에 퍼뜩 고개를 들었다. 전부 고개를 숙인 채 기도에만 열중하고 있었다. 나만 상체를 바짝 세워 도드라졌다.

"기도 시간입니다."

머리 위로 유안 수녀의 매서운 목소리가 꽂혔다. 얼른 다시 눈을 감았다.

아까 그 이야기의 내용이 궁금해 초조해졌다.

"하늘에 계신 성모 마리아여……."

입으로는 기도문을 외우고 있었지만 나는 다시 슬며시 눈을 떠 주위를 살폈다.

영원한 천국에 들어간다는 소문은 이해할 수 있었다. 큰 마리아의 그림은 신성하니까 거기에 그려진 사람들도 성모 님의 눈에 들어 천국에 간다는 거겠지. 하지만…….

'추수를 당하지 않게 된다고?'

추수의 기간.

추수를 당하지 않는.

'응?'

느닷없이 무릎 꿇고 앉은 앞 사람들의 그림자가 길어졌다. 제단 쪽에서 비추는 햇살이 급히 각도를 튼 것처럼. 하지만 이렇게 갑자기 태양이 움직일 리 없었다. 계속 길어지던 그림자들이 이제는 일렁이기 시작했다.

'뭐야······.'

멍하니 그걸 바라보고 있는 내 손 위로.

"눈 감아."

큰 마리아의 손이 얹혔다. 목소리는 그 어느 때보다도 엄중했다.

"기도할 때는 눈을 감아야지."

그때와 비슷했다. 내가 어둠을 노려보고 있을 때, 큰 마리아가 그렇게 계속 보지 말라고 아기를 재우듯이 눈을 가리던 때와 다름없었다.

나는 다시 눈을 감았다. 내 손등을 큰 마리아가 토닥였다. 그래, 잘했어, 하고 말하는 것처럼.

삐이걱.

사람들이 속삭이는 기도문 사이로 낯선 소리가 끼어들었다. 순간 소름이 돋았다. 예배당의 마룻바닥이 삐걱거리는 소리. 누군가 이 사이를 지나가고 있었다.

"수녀님이야."

큰 마리아가 아주 조용하게, 귓가에 대고 속삭였다.

난 큰 마리아가 거짓말을 하고 있다는 걸 금방 알아챘다. 이곳에 있는 사람들은 전부 가벼워서 아무리 마룻바닥을 뛰듯이 오간다고 해도 저런 소리가 나지 않았다.

그러나 나는 눈을 뜨지 않았다.

눈을 뜨면 무엇을 보게 될지 몰랐기 때문에.

* * *

"다들 조금만 빨리 움직이자!"

걸걸한 목소리가 습하고 차가운 공기를 타고 울려 퍼졌다. 그럼에도 학원생들의 움직임은 조금씩 더 느려졌다. 요한나가 다시 한번 커다랗게 말했다.

"겨울에 배곯고 싶지 않으면 지금 알아서들 해야 할걸?"

텃밭 옆에 쪼그려 앉아 있던 아이들이 몸을 일으켰다.

학원 뒤편에 널따랗게 펼쳐진 텃밭은 겨울 동안 학원생들이 먹을 식량의 대부분을 수확해내는 곳이었다. 그나마 평지라 경작을 할 수 있었지만 흙이 기름지지는 않았다. 아무리 열심히 일구어도 작물이 잘 자라지도 않았고, 알이 제대로 여물지 않아 거두는 양도 적었다.

그러나 그마저도 없다면 겨울을 나기도 어려웠다. 올해는 첫눈이 일찍 내렸으니 땅도 예상보다 빨리 얼어버릴 것이다.

헤진 장갑을 낀 채 아이들이 어떻게든 조금이라도 편하게 밭일을 하려고 애썼다. 딱히 요령을 피우는 것은 아니었지만 아무래도 굼떠 보였다. 일해본 손도 아니었고, 일하는 기술도 없었다. 힘을 쓰는 동작들이 죄다 어설펐다.

그중에서 요한나는 눈에 띄는 학생이었다. 여느 학생보다 머리 하나는 더 큰 키, 커다란 덩치, 두꺼운 팔과 다리, 밭일을 척척 해내는 군더더기 없는 숙련된 움직임까지. 요한나는 다른 아이들이 텃밭 구석에 쌓아둔 수확물들을 커다란 자루에 옮겨 담은 다음 한 번에 어깨 위로 들어 올렸다.

"역시 요한나야!"

옆에서 유디트가 손뼉을 치면서 웃었다.

늘 붙어 다니는 요한나와 유디트는 한 몸이나 다름없었다. 다만 성격이나 외모는 아주 달랐다.

유디트는 바람이 불면 날아갈 것처럼 여린 체구였다. 요한나가 마음만 먹으면 유디트를 한 손으로도 가뿐하게 들어 올릴 수 있을 정도였다.

"다들 얼른 마무리하자고. 눈이 더 내리기 시작하면 큰일이니까."

요한나의 우렁찬 말에 다들 기어드는 목소리로 대답했다. 커다란 자루를 들고 가는 요한나 뒤를 조그만 바구니 하나를 든 유디트가 쫓아갔다.

나는 구석에서 부지런히 손을 놀리며 그 모습을 지켜보았다. 성모학원의 학원생들은 둘이나 셋씩 끈끈하게 이어져 있었다. 오랜 시간 뒤섞여 끈적해진 관계의 점액질이 학원생들 사이에 묻어 있었다. 하기야 찾아오는 외부인이 드문 이런 고립된 곳에서 3년이라는 긴 시간 동안 동고동락할 수밖에 없으니 정이 깊어지는 건 당연했다.

저마다 관계의 끈을 틀어쥐고 붙어 있는 아이들 사이에서 나는 이방인이었다.

다행인 건 큰 마리아와 함께 있는 한, 다른 아이들이 나를 대놓고 따돌리거나 괴롭힐 일은 없다는 거였다. 그 말은 결국 내가 폭풍의 눈 한가운데 서 있는 거나 다름없다는 뜻이기도 했다. 큰 마리아의 손길이 거둬지는 순간 언제든 저 폭풍이 몰아치는 바깥으로 휩쓸려 떨어져 나갈 거였다.

"작은 마리아."

옆에서 목소리가 들려왔다. 밭일을 하던 다른 학원생들의 기척이 이쪽으로 쏠리는 게 느껴졌다. 물론 다들 겉으로는 열심히 일하는 척, 분주하게 손을 놀렸다.

내가 잡은 모종삽 위로 큰 마리아의 손이 감싸듯 얹혔다.

"그런 식으로 쥐고 하면 손이 금방 상할 거야. 손이 까지거나 물집이 잡히는 것 정도로 약을 줄 거라고 기대하는 건 아니지?"

"아!"

그 말에 내가 짧은 탄성을 터트렸다. 아무 생각 없이 열심히 텃밭을 파고 있었는데 그러고 보니 괜한 짓이었다. 여기서 손을 다칠 만큼 정성껏 일해봐야 나에게 상처에 대한 보상 같은 게 돌아올 리는 없었다. 큰 마리아가 삽을 쥔 내 손의 위치를 적절하게 바꿔주었다.

"이렇게 하면 좀 나을 거야."

큰 마리아의 옷깃에는 푸른 물감이 묻어 있었다.

그 푸른 자국을 보면서 나는 큰 마리아에게 물어보고 싶었다. 나에게 언제까지 잘해줄 생각이냐고. 만약 끝이 있는 관심이라면 그 끝이 어디인지 미리 알고 싶었다. 그래야 나도 준비를 할 테니까. 이곳에 있는 아이들이 저마다의 방식으로 겨울을 준비하는 것처럼.

다만 어떤 대답이 돌아올지 무서웠다. 큰 마리아의 호박빛 눈동자를 보고 있노라면 꼭 보지 말아야 할 것을 들여다보는 기분이 들었다. 분명 그 안에 뭔가가 있는데 그게 뭔지 알 수가 없었다.

"무슨 생각 해?"

나의 상태를 정확히 알고 있는 것처럼 물어오는 질문. 조금 더 가까워진 얼굴. 오묘한 기대가 스쳤다. 어쩌면 지금이야말로 마음속에 품어둔 그 물음을 꺼내기에 딱 좋은 때인지도 모른다고…….

탁.

그때, 삽에 뭔가 걸리는 둔탁한 감각이 느껴졌다. 곁에 있던 큰 마리아도 감지한 모양이었다.

고구마나 당근이라기엔 좀 더 단단한 감촉이 삽날과 손잡이를 통해 전해졌다. 혹시라도 흙을 파다가 돌이라도 나오면 바로바로 치워달라던 요한나의 말이 떠올랐다.

툭, 툭.

조금 더 흙을 파내니 작물이 아닌 무언가가 보였다.

"저건……."

삽날 끝에 걸린 단단한 물체. 하얗고 긴 무언가. 그게 무엇인지 알 것만 같았다.

하지만 큰 마리아의 움직임이 내 생각보다 더 빨랐다. 내 손에서 삽을 뺏은 큰 마리아가 재빨리 흙을 다시 그 위로 덮었다. 하얀 물체 위로 까만 흙이 덮였다.

재는 재로, 흙은 흙으로…….

그제야 나는 저게 뭔지 깨달았다.

"큰 마리……."

"조용히 해."

속삭이듯 말하는 큰 마리아의 목소리는 작지만 위협적이었다. 큰 마리아의 행동으로 오히려 내가 본 게 무엇이었는지 더 확실해졌다.

하얗고 길쭉한 형태, 삽날에 툭툭 걸리던 단단한 감촉.

저건 뼈다.

어떤 생물의 뼈인지까지는 알 수 없었지만 나는 어쩌면 이곳에 있어선 안 되는 생물의 것일지도 모른다고 직감했다.

흙을 다시 덮는 큰 마리아의 얼굴은 긴장감으로 차올랐다.

내가 다시 삽을 잡았다.

"큰 마리아."

"손가락이었어."

아무것도 묻지 않았는데 큰 마리아가 서슴없이 먼저 대답했다. 이쪽을 바라보며 서늘한 얼굴로. 그게 궁금한 거 아니었냐는 듯.

"종종 나와."

"뭐라고?"

"이런 고립된 데서 사는 게 쉬운 일일 줄 알았어?"

큰 마리아가 대수롭지 않다는 듯 말했다.

"몸이 약한 애들은 이곳의 겨울을 넘기지 못해. 추위와 긴 밤이 내내 이어지고, 먹을 것마저 부족하니까. 생존에 적합하지 않은 애들은 살아남기 힘든 거지, 여기서."

"뭐라고……?"

"그렇게 겨울을 넘기지 못한 아이들이 가끔, 가까운 곳에 묻히곤 해. 본 것처럼."

말도 안 되는 거였다. 아무리 그래도 어떻게 작물을 키우는 밭에다……. 그렇게 키운 걸 또 먹는다고?

내가 얼마나 황당해하는지 뻔히 보일 텐데도 큰 마리아의 표정은 변하지 않았다.

"겨울을 넘기지 못하는 건 부정한 일이거든. 다른 계절에 그랬다면 충분히 애도를 하고 숲에 묻어주었겠지만 겨울만큼은 아니야. 학원생 누구도 겨울에 죽은 사람에게 가까이 가고 싶어 하지 않지. 그래서 이렇게 아무렇게나 대충 묻는 거야."

큰 마리아가 어쩌겠냐는 듯 어깨를 으쓱였다.

"부정한 죽음이라고 해도 안에 그냥 둘 수는 없으니까. 게다가 빨리 묻어야 하니 더욱 어쩔 수 없지. 차라리 텃밭의 거름이 되는 게 나을지도."

우욱.

순간 속에서 욕지기가 치밀어 올랐다. 삽을 버려두고 화장실을 향해 달렸다.

* * *

가쁜 숨이 연신 차올랐다. 머리가 어지러웠다.

겨울을 넘기지 못한다. 그 말이 계속 머릿속을 맴돌았다.

그런 얘기를 흔한 일처럼 아무렇지도 않게 들려주는 큰 마리아의 목소리가 환청처럼 울렸다. 그렇다면 이곳에 있는 다른 아이들 역시 전부 다 알고 있다는 거였다.

"당연하잖아. 벌써 몇 번의 겨울을 보냈는데."

모두가 이미 겪은 일이었다. 그런 일을 겪었는데, 그런 걸 당연하게 받아들이다니. 정상일 리가 없었다. 겨울이 올 때마다 함께 숙식하던 학우가 죽고 그걸 어딘가에 묻고 아무렇지도 않게 또 봄을 맞는다. 그리고 아무도 모른다. 누가 어디에 묻혔는지, 어떻게 죽었는지도.

이번 겨울이라고 해서 다를 건 없었다.

천천히 고개를 쳐들어 화장실의 거울을 보았다. 거울은 가장자리부터 물때와 곰팡이가 징그럽게 피어 있었다. 그 안으로 오래되고 낡은 화장실을 배경으로 서 있는 내 모습이 보였다.

나는 나를 처음 보는 것처럼 쳐다보았다.

이상하게 어색했다. 다른 사람을 보는 것처럼. 거울에 비친 게 내 모습이 아닌 것만 같았다.

내가 이렇게 생겼던가?

아니, 정확히 말하자면 원래 내 얼굴이 잘 기억나지 않았다. 흐릿한 기억 속에 바랜 사진처럼 떠오르는 나는 어쩐지 낯설었다. 그러니 이제 믿을 건 거울에 비친 모습뿐이었다. 비친 대로 믿을 수밖에.

내 얼굴을 거울에 바짝 들이댔다. 이마, 머리, 양 볼, 코, 입…… 샅샅이 훑어보았다. 관상을 볼 줄 아는 것도 아닌데 혹시라도 이번 겨울을 버티지 못할 이유를 얼굴에서 찾아보고 싶었다.

"아직은 괜찮아."

그렇게 중얼거렸다. 뭐가 괜찮다는 건지도 모르면서.

난 그렇게 깡마르지도 않았고 피부가 푸석하지도 않았다. 아마 며칠 정도는 먹지 않아도 굶어 죽지 않고 살아남을 것이다. 물론 지금처럼 큰 마리아의 눈길이 닿는 범위 안에서 보호받는 상태일 때나 가정할 수 있는 일이었다. 만약 큰 마리아가 나를 더 이상 도와주지 않는다면 그게 무엇이든 혼자서 감당하기 어려울지도 몰랐다.

아니, 감당하기 어려운 정도가 아니겠지. 정말로 쥐도 새도 모르게……

슥.

뭔가가 움직였다. 거울 속에서.

그러니까 거울에 비친 내 모습이 뒤편으로, 무언가가 스쳐 지나갔다.

온몸이 순식간에 굳었다. 이미 화장실에 아무도 없다는 걸 확인한 뒤였다. 문은 아까도 지금도 닫혀 있었다.

닫힌 화장실 문 바닥 아래쪽에서 무언가의 그림자가 움직였다.

마치 발을 까닥이는 것처럼.

소름이 돋았다. 도망치고 싶었다. 하지만 다리에 힘이 들어가지 않았다. 그림자는 어떤 리듬을 타듯 반복해서 움직였다.

그리고 아주 작은 소리.

바람이 창문을 스치는 소리일까. 그러나 그 소리는 점점 선명해졌다. 소리는 음성이 되고 음성은 작게 부르는 노래가 되었다.

귀에 익은 곡조였다. 분명 어디선가 들어본 듯한.

……쭉정이는 낫으로 베어

그 가사를 들었을 때, 나는 그제야 이 노래를 어디서 들었는지 깨달았다.

성스러운 기운으로 가득 차 있던 예배딩에서, 모두가 신실하게 한목소리를 내어 불렀던 성가. 그중에서도 '추수의 날'이었다.

추수의 날.

쭉정이는 낫으로 베어 불에 태우고

성가는 흥얼거리듯 계속해서 이어졌다. 그다음 가사는 들어서 알고 있었다.

"알곡만 모아 하늘의 곳간을 채우니……."

순간 흥얼거리던 목소리가 뚝 끊겼다. 나는 내 입을 막아버리고 싶었다. 지금 저기에, 내 뒤에 뭐가 있는지도 모르는데 기척을 알아챘다는 듯 소리를 내다니. 멍청하기 짝이 없는 짓이었다.

흔들거리던 그림자도 뚝 멈춰버렸다. 대신 닫힌 문 뒤로 무언가가 노려보고 있는 기분에 사로잡혔다. 점점 숨이 밭아졌다. 폐 안쪽까지 제대로 공기가 들어가지 않는 거북한 느낌이었다.

도망칠까?

하지만 나의 직감은 지금 여기서 도망치면 안 된다고, 말리고 있었다. 이건 시작이었다. 성모학원의 진짜 모습이 드러나는 순간.

그제야 나는 이곳에 온 뒤로 왜 조금만 방심하면 무언가에 홀릴 것 같았는지 그 이유를 깨달았다.

이곳의 뒷마당 텃밭은 죽은 사람들을 묻은 곳이었다. 여기서 어떤 기이하고 불길한 게 나온다 해도 이상하지 않았다. 그동안 몇 명이나 되는 학생들이 죽어서 아무렇게나 묻혔을까?

성모학원은 이 근방에서 손에 꼽을 정도로 오래된 학교였다. 그 시간 동안 켜켜이 무언가가 퇴적되었을 것이다. 보이지도 않고, 누군가에게 말하지도 못할 죽음과 광기들이.

장소는 그곳에 살던 것들에게 영향을 받는다. 그들의 분위기와 감정들이 장소에 깃드는 것이다. 그리고 성모학원은 어딜 둘러보아도 그 분위기가 너무나 짙게 깔려 있었다.

겨울, 추수, 죽어나간 학원생들.

이곳에 깃든 음험한 분위기가 다시 여기에 사는 다른 학원생들을 이끄는 것이다. 이곳에 살던 이들이 겪었던 두려움과 어둠 속으로.

낫으로 베어 불에 태우고

다시 한번 그 목소리가 낮게 깔렸다.

거기까지 듣자마자 바로 몸을 돌려 화장실 문을 밀어젖혔다. 쾅!

커다란 소리, 밀리는 문 그리고 보이는 것은…….

너는 추수당할 것이다

붉은 피는 그렇게 말하고 있었다.

곰팡이가 슨 타일 위로 뚝뚝, 진득한 핏물이 흘렀다. 피로 써진 글자는 나에게 외치고 있었다.

너는 추수당할 거라고.

* * *

검은 나무, 흰 눈, 잿빛 하늘.

이쪽으로 드리워진 성모학원의 그림자, 갑작스레 나타나 흰 눈 위를 스치듯 날아가는 검은 까마귀 그리고 눈 위로 퍼지는 붉디붉은 핏자국.

하얀 뼈, 피, 죽음.

붉은 피가 말하고 있었다.

너는 추수당할 것이다.

이곳에서 쭉정이로 불태워질 것이다.

학원생들이 성심으로 부른 성가의 뜻을 이제야 알 수 있었다. 신성한 알곡과 신성하지 않은 쭉정이. 이곳은 알곡과 쭉정이를 가르는 체였다. 가는 구멍을 통해 아래로 흘러나온 쭉정이들은 영원한 불로 떨어질 거였다.

아니, 아니야.

부정하듯 외치고 싶었지만 목소리가 턱 걸려 나오지 않았다. 말을 하려 하면 목 안에서 뭔가가 와다글거렸다. 알 수 없는 것들이 목구멍을 꽉 메우고 있었다. 커다랗게 기침을 해도 목 안에서만 안간힘을 쓸 뿐, 밖으로 나오질 않았다.

컥!

컥컥!

몇 번이나 발악하듯 기침을 하자 결국 뭔가가 밖으로 툭 떨어졌다. 나는 멍하니 그것을 바라보았다. 내 목구멍에서 나온 것은 작고 하얬다.

어디서 보았던 것이었다.

그래, 그건 땅에서 내가 캤던 것. 그리고 큰 마리아가 다시 묻었던 것.

누군가의 손가락뼈.

그 위로 다시 흰 눈이 내렸다. 나는 멀거니 그것을 보았고 뼈는 금방 다시 눈 아래로 파묻혔다.

거기까지 알아차리고서야 나는 확 눈을 떴다.

***

흐릿한 시야 속으로 벽의 기묘한 무늬가 보였다.

오랜 시간 비가 새어 들어와서 생긴 자국이었다. 아무도 이곳을 관리하지 않는다는 게 이렇게 한눈에 보이곤 했다.

무거운 고요가 침대와 침대에 누운 내 몸을 짓누르고 있었다. 어떻게 기숙사에 들어와 침대에 누웠는지 기억나지 않았다.

꿈의 무거운 그림자들이 아직도 머릿속 어딘가에 눌어붙어 있는 기분이었다. 검고 하얗고 붉은 꿈.

아니, 문제는 꿈이 아니다. 꿈보다 더 무서운 게 이곳이었다. 화장실에서 보았던 핏자국, 텃밭에서 발견한 뼛조각.

그리고 추수.

"……눈."

그 말이 부지불식간에 흘러나왔다. 내가 말하고도 내 음성이라는 것을 알아차리지 못했다. 침대 앞 어둠 속에서 누군가 일어나 묻기 전까지는.

"뭐라고?"

깜짝 놀라 소리칠 뻔했지만, 곧 어둠 속에서 빛나는 그 익숙한 눈동자가 안심을 주었다.

"큰 마리아……."

어제 나를 기숙사실까지 데려와 침대에 눕혀준 건 큰 마리아였을지도. 익숙한 목소리를 꿈결에 들은 것도 같았다.

"지금 뭐라고 했어?"

"뭐라고?"

"방금, 뭐라고 했잖아."

나는 뒤늦게 내가 뭐라고 중얼거렸는지 떠올렸다.

"눈……이라고."

저절로 다음 말이 입에서 새듯이 나왔다.

"눈이 많이 내릴 거야. 아니, 이미 겨울이 왔어."

제멋대로 흘러나온 말이었다. 생각을 하고 정리를 해서 골
라낸 말이 아니라 그냥 어쩌다 보니 어디선가 들은 다른 사
람의 말을 내가 대신한 것 같았다.

그럼에도 우리는 그 말의 의미를 바로 깨달았다. 큰 마리
아가 퍼뜩 자리에서 일어나더니 무거운 커튼이 드리워진 창
문 쪽으로 다가갔다. 그리고 커튼을 걷었다.

"아!"

둘 다 조그맣게 외쳤다. 기슭까지 새하얗게 물든 산봉우리
의 자태가 눈에 들어왔다.

이곳에 온 첫날과는 비교도 되지 않을 만큼 시야를 가득
메운 눈. 나무마다 뻗은 검은 가지들이 이젠 거의 보이지도
않을 정도로 함박눈이 펑펑 쏟아지고 있었다. 소리도 없이.

소리도 없는 죽음.

내가 꿈에서 보았던 광경이 떠올랐다. 하얀 뼈 위로 쏟아

지던 창백한 흰 눈.

어쩌면 나는 그게 내 모습, 내 미래일지도 모른다는 예감이 들었다. 이곳에서 절대 빠져나갈 수 없을 거라는 경고 같기도 했다.

저렇게 눈에 파묻혀서 그 누구도 볼 수 없는 죽음을 겪은 후에야…… 파묻힐 거야.

그건 예언이나 다름없는 직감이었다.

뎅뎅뎅!

"무슨 소리야?"

내가 놀란 목소리로 물었다. 불길한 종소리가 기숙사 안을 가득 채웠다. 큰 마리아가 위를 노려보았다.

뎅뎅뎅!

종소리는 그치지 않고 계속 이어졌다. 큰 마리아가 선언하듯이 입을 열었다.

"진짜 눈이 왔으니 이제 겨울이야. 추수의 기간에 접어들었다는 말이야. 오늘부터는 그림자가……."

"다들 나와!"

큰 마리아의 말은 기숙사 방마다 돌아다니며 외치는 수녀들의 목소리에 끊기고 말았다.

날카로운 목소리가 학원생들을 무차별적으로 깨우기 시작했다.

"다들 빨리 나와!"

그 위로 연신 울리는 종소리.

나는 큰 마리아를 따라 방에서 나왔다. 잠에 빠져 있다가 갑자기 깬 아이들이 아직 뭐가 뭔지 모르겠다는 표정으로 나오고 있었다. 큰 마리아가 내 손을 덥석 잡았다.

"내려가자."

"대체 왜 이러는 거야?"

"잠자코 따라와. 이미 늦었어."

"뭐라고?"

"준비할 시간 없어. 요 며칠 눈이 내리지 않아서 나도 방심했어. 이렇게 갑자기 추수의 기간이 찾아올 줄은 몰랐는데."

"추수의 기간이 대체 뭔데?"

화장실에 핏자국으로 새겨져 있던 그 문장이 떠올랐다. 너는 추수당할 것이다.

"일단은 내려가. 여기 있으면 안 돼."

한꺼번에 뛰쳐나온 아이들이 밀려들어 좁은 계단이 빈틈없이 꽉꽉 메워졌다. 숨이 갑갑할 지경이었다. 몸을 부대끼고 있는데도 여전히 싸늘한 공기가 감돌았다. 뭉게뭉게 떠서 부풀어 오르는 불안감이 아이들의 머리 위를 훑었다.

허공으로 옅은 바람이 불었지만 아이들은 아랑곳하지 않았다. 이렇게 많은 이들이 썰물 밀려가듯 한꺼번에 계단을 내려가고 있는데도 발소리와 숨소리 외에는 다른 소음이 없었다.

다들 앞으로 어떤 상황이 벌어질지 잘 안다는 얼굴, 혹은 앞으로 다가올 것들을 어떻게든 감내하겠다는 얼굴이었다.

옷도 제대로 갖춰 입지 못한 아이들이 예배당으로 모여들었다. 쏟아지는 비를 피해 양 떼가 축사로 몰려가는 것처럼 가여웠다.

저 멀리서 수녀들이 부산스럽게 움직이는 게 보였다.

"다들 문을 닫아! 창문도!"

원장수녀의 다급한 지시에 따라 수녀들이 문을 닫고 창문에는 나무로 만든 덧문을 댔다. 아직 닫히지 않은 창문 너머로 새하얀 눈이 덮인 바깥 풍경이 눈에 들어왔다.

눈은 아까보다 훨씬 더 많이 쌓여 있었다. 위에서 눈이 내리는 것이 아니라 아래서 눈더미가 자라나는 것 같았다.

"역시나 일찍 왔어요. 물론 며칠 전에 내린 눈으로 어느 정도 예상은 했지만."

"어떡하죠? 아직 준비가 덜 됐는데."

"아무래도 이번 추수의 기간은 심상치가 않아요. 버틸 수 있을까요?"

덧문을 하나씩 닫는 수녀들의 속삭임이 가장 끝에 서 있는 내 귀에도 들려왔다.

원장수녀가 앞에 놓인 높은 제단에 올라섰다.

모인 학원생들을 내려다보는 늙고 지친 눈동자. 어쩐지 그녀의 탁한 눈동자는 뭔가 의미심장한 걸 기대하는 것처럼 보이기도 했다.

수녀들이 다급히 할 일을 마치자 원장수녀가 이제 되었다는 듯 입을 열었다. 불온한 목소리가 차가운 예배당 안에 퍼졌다.

"다들 보았다시피 갑작스럽게 눈이 내렸습니다. 겨울이 왔습니다. 그치지 않을 눈입니다."

하염없이 내리던 꿈속의 눈과 방금 창 너머로 본 진짜 그만큼 내리는 눈.

"눈이 내리면 우리 성모학원은 외부와 단절됩니다. 모든 것은 내부 규율에 따라 처리될 것이며 전부 성모님의 뜻임을 우리 모두 잘 알고 있을 것입니다."

"······아멘."

작은 목소리들이 흘러나왔다.

"모두 주님과 성모님이 겪으신 고난이라 여기며 버티시길."

원장수녀가 제단 아래로 내려가자 곧 유안 수녀가 올라와 설명을 이었다.

"눈이 내리는 동안은 추수의 기간이므로 모두 함께 버텨내야 합니다. 추수의 기간 동안 학사일정은 전부 중단됩니다. 항상 문과 창문이 잘 닫혀 있는지 확인하고 적어도 둘 이상 같이 다니는 것을 권합니다. 성모학원 바깥으로는 절대 나가지 않으며, 특히나 어둠이 깔린 후에는 학원 부지 내라도 돌아다니지 말고 최대한 건물 안에 머물러야 합니다. 추수의 기간 동안 벌어진 일에 대해서는…… 그 누구도 책임지지 않습니다."

누구의 책임도 없는 기간.

버텨야 하는 건 우리.

나무 덧문까지 달린 창문들이 꼭꼭 닫혀 있었고, 그 아래 모여 있는 학원생들의 얼굴은 파리하게 굳어 있었다.

"무슨 일이 생기면 바로 보고해주세요. 이상입니다."

보고를 하라는 건 아마 그에 따른 후속 조치를 하겠다는 말이 아닐 것이다. 무슨 일이 일어나면 자신들이 피할 시간이라도 벌어보겠다는 의미인지도 몰랐다. 수녀들은 성모학원을 통제하고 학원생들을 감시하긴 했지만 관리하지는 않았으니까. 어떤 일이 일어나도 그들은 자신들의 책임이라고 생각하지 않았다. 그저 이곳에 전해져 내려오는 규칙, 그것을 지키는 것에 최선이면 그만이라는 식이었다.

그렇기에 이곳에서 누가 다쳤다고 해도, 아프다고 해도, 심지어 죽어간다고 해도 해결을 위해 신경을 기울이지 않았다. 수녀들은 그저 성모학원 그 자체를 이어나가는 것에만 관심이 있었으니까.

그러니 이번이라고 해서 다를 것도 없었다.

양 떼 무리 앞에 포식자가 나타난 것처럼, 가장 약하고 힘

없는 놈이 잡히고 나면 그다음은 다시 평화다. 생존할 시간을 번 것이다. 하나를 제외한 나머지는 이미 뜯기고 피 흘리는 양을 못 본 척, 유유자적하게 옆에서 풀을 뜯어 먹는다.

"너."

옆에 있던 큰 마리아가 조용히 말했다.

"눈이니, 겨울이니, 그런 것에 대해서는 입 다물고 있어. 그냥 아무 말도 하지 마."

큰 마리아의 말이 끝나는 것과 동시에 학원생들의 끝맺음 기도문이 울려 퍼졌다.

"쭉정이는 낫으로 베어 불에 태우고 신실한 알곡은 하늘 창고에 쌓인다. 아멘."

* * *

어두컴컴한 낮이었다.

눈은 그칠 기미가 없었다. 다들 식당에서 배식을 기다리고 있었다. 줄을 서 있는 학원생들 사이로 걱정 어린 목소리가 퍼졌다.

"갑자기 이렇게 눈이 오면 어떡하라는 거야?"

앞에 선 유디트의 말이었다. 그 옆에는 당연하게도 요한나가 서 있었다. 달래는 듯한 말투로 요한나가 입을 열었다.

"새삼스럽게. 처음도 아니잖아."

"하지만 이번 추수 기간은 너무 일찍 시작됐어."

요한나가 무겁게 고개를 끄덕였다.

"어쩌면 이번엔 기간이 더 길어질 수도 있어. 잘 버텨보는 수밖에. 아마…… 다른 것들은 전부 작년처럼 일주일 정도를 기준으로 준비되어 있을 테니까."

일주일. 작년처럼.

나는 이 아이들이 겪었을 작년의 일주일을 상상해보려 했다. 그 일주일 사이에도 누가 사라졌던 걸까? 그러고 나서야 눈이 그친 걸까?

이제야 지금까지 이 아이들이 감추려 했던 추수의 기간에 대한 두려움을 조금이나마 선명히 이해할 수 있었다.

1년 내내 이 기간에 대한 두려움에 사로잡혀 살았을 것이다. 어떤 학생도 도래하고야 마는 추수의 기간에 대한 두려움으로부터 자유로울 수 없었을 것이다. 따스한 햇살이 내리쬐는 봄에도, 뜨거운 여름에도. 그러다가 가을이 되면 어쩔 수 없이 이번에도 그 시기가 올 거라는 생각을 참을 수 없었을 것이다.

아아, 결국은 올해도 또 와버렸어. 올해는 도대체 어떻게 지나갈까. 나는 살아남을 수 있을까?

나는 왜 가을에 전학생이 오지 않는지 깨달았다.

추수의 기간을 목전에 둔 가을에 온 전학생이 겨울을 잘 넘길 수 있을 리 만무했다. 아무런 준비도 되어 있지 않았을 테니까.

"빨리 와서 받아 가세요."

앞에서 데레사가 이쪽을 노려보았다. 그 말에 유디트가 헛기침을 하곤 앞으로 나섰다.

데레사가 유디트의 식판에 아무렇게나 음식을 올려놓았다.

"고작 이게 다야?"

유디트의 투정에 배식 담당인 데레사는 그저 어깨만 으쓱였다. 그렇게 말해봤자 네가 어쩔 거냐는 표정이었다.

"다들 똑같은 양으로 나눠줘야 해. 그리고 추수의 기간이 시작됐잖아. 다 같이 고난을 겪어야 한다는 거 몰라? 먹기 싫으면 내놔."

데레사가 퉁명스럽게 나오자 유디트도 한마디 쏘아붙일 기세였지만 뒤에서 요한나가 말렸다.

"유디트, 부족하면 나중에 내 걸 더 먹어."

유디트가 데레사를 한번 노려보고는 종종거리며 식탁으로 향했다.

데레사가 뒤에 있던 나를 향해 오라는 듯 손을 까딱였다. 나는 내 식판 위에 올라간 것들을 보았다. 얇은 크래커처럼 보이는 딱딱한 밀과자 몇 개에 묽은 국물이 전부였다. 이걸로는 허기도 제대로 달래지 못할 것 같았다.

아무 말 말고 자리에 가서 먹으라는 듯 데레사가 식탁 쪽으로 턱짓했다. 큰 마리아가 뒤에 함께 있을 때와는 확연히 다른 대접이었다. 나는 조용히 식탁 자리로 돌아갔다.

창문에 달아놓은 나무 덧문이 덜그럭거렸다. 바람이 세차게 부는 모양이었다.

눈이 얼마나 쌓였을까. 앞으로도 며칠 동안 계속해서 덧쌓일 눈. 나중에 얼마나 많은 진실이 그 아래 감추어질지 지금은 알 수가 없었다.

식당에 앉아 있는 학원생들의 얼굴은 하나같이 어두웠다. 모두 이제 막 시작된 추수의 기간을 걱정스러워하는 게 분명했다.

'추수를 당한다는 건…… 겨울에 살아남지 못하는 걸 두고 하는 말이겠지.'

거기까지 생각했을 때, 뭔가가 시야에 들어왔다.

덧문의 나무 널빤지가 덜걱거렸다. 바람 같은 것에 흔들리는 게 아니었다. 자연의 손짓이라고 할 수 없는 인위적인 흔들림. 분명 밖에서 뭔가가 덧문을 잡고 움직이는 거였다.

덜걱, 덜걱, 덜걱, 덜걱.

흔들리는 소리가 일정했다. 누군가, 아니 무언가가 이쪽으로 저쪽으로 혹시나 헐거워진 곳은 없는지 하나씩 흔들어보고 있었다. 덧문을 밀어낼 구석을 찾는 듯했다.

"저기……."

혹시 바깥에 잘못 나간 학원생일 수도 있겠다는 생각에 뒤를 돌았다. 도움을 청하려고.

식당에 있는 그 누구도 이쪽을 쳐다보지 않았다. 정확히는 쳐다보지 않으려 애를 쓰고 있었다.

이쪽, 저쪽, 아래로 부리나케 도망가는 시선들, 억지로 배식판만 노려보고 있는 질린 표정들, 입을 앙다문 채 지금 이 시각이 빨리 지나가길 바라는 얼굴들. 나는 그들이 전부 일부러 이쪽을 보지 않는다는 걸 깨달았다.

덜걱, 덜걱, 덜걱.

내 뒤에 있는 덧문은 계속해서 위험한 소리를 냈다. 언제든 덮칠 것처럼 아슬아슬한 소리를. 그런데도 모두가 필사적으로 그 소리를, 움직임을 무시했다.

흐윽…….

어디선가 흐느끼는 울음소리가 터졌다. 동시에 중얼거리듯이 욕설이 흘러나왔다.

이러면 안 되는 거였다. 이곳에서는 뭐든 봐도 보았다는 티를 내면 안 됐고, 알아도 모른 척해야 했다. 그런데 들어온 지 고작 며칠밖에 안 된 전학생인 주제에 지금 '무엇이' 바깥에 있는 줄도 모르고 그것을 본 티를 냈다.

"죽은 것처럼 납작 엎드려 있어도 모자랄 판에……."

누군가 그렇게 속삭였다.

덜걱, 덜걱…….

덜걱덜걱덜걱덜걱덜걱!

"작은 마리아."

미친 듯이 문짝이 흔들리는 괴이한 소음을 뚫고 그 목소리가 멀리서 날아들었다.

그 목소리를 들은 뒤, 순간적으로 아무 소리도 들리지 않았다.

큰 마리아가 식당 아치문 아래 서 있었다. 호박빛 눈동자는 문틀의 그림자에 반쯤 가려져 평소보다 조금 더 어두운 갈색으로 빛났다. 큰 마리아의 올려 묶은 머리칼이 목덜미 옆에서 찰랑였다.

문짝 소리에 잠식당한 이 공간에서 소리를 내는 건 큰 마리아뿐이었다. 그녀만이 들렸다. 다른 것들은 모두 사라지고.

"찾았잖아."

큰 마리아가 성큼성큼 다가왔다. 그러곤 뒤에 있는 덧문을 흘깃 보았다.

여전히 아무 소리도 나지 않았다. 방금까지 그렇게 문을 부술 듯이 덜걱거린 건 모두 환청이었다는 것처럼.

나는 다시 고개를 천천히 돌려 뒤를 보았다. 거기엔 얌전히 잘 닫힌 나무 덧문이 시치미를 떼고 묵묵히 있을 뿐이었다. 흔들리던 소리도, 벌어졌던 틈새도, 아무것도 없었다.

"작은 마리아?"

한 번 더 나를 부르는 소리에 고개를 들었다. 큰 마리아의 커다란 눈동자가 나를 가만히 보았다. 마치 지금 내가 무슨 생각을 하는지, 어떤 감정을 품고 있는지 낱낱이 읽어내기라도 할 것처럼.

"아……, 응?"

"널 찾고 있었다고. 다른 애들이 안 전해줬어?"

"나를? 아니, 못 들었어."

큰 마리아가 작게 혀를 찼다.

"그러니까 이렇게 멍청하게 여기에 있지. 가자."

"어딜?"

큰 마리아의 곧은 눈썹이 살짝 찌푸려졌다.

"어디긴 어디야. 넌 내 화실 당번이잖아."

"어?"

갑작스러운 말이었다. 큰 마리아의 화실. 당번이 되었지만 부르지 않아 한 번도 가보지 못한 곳. 처음으로 큰 마리아가 화실에 대한 얘기를 꺼냈다.

어떻게 대답해야 할지 몰랐다. 분명 큰 마리아는 나를 도와주고 있었다. 그 사실이 너무나도 신경 쓰였다.

뒤편의 소리는 이제 사라졌다. 하지만 학원생들은 자신들을 위험에 빠뜨린 나를 잊지 않을 것이다. 잊지 않고 어떤 방식으로든 지금의 감정을 표출할 것이다. 이곳에 계속 있다간 저들에게 무슨 비아냥을 들을지 몰랐다. 나는 손도 대지 않은 배식판을 들고 고개를 끄덕였다.

큰 마리아가 따라오라는 듯 먼저 걸음을 옮겼다.

***

끼익.

처음으로 내 앞에서 화실의 문이 열렸다.

다른 학원생들이 이 화실을 얼마나 성스럽게 여기는지는
이미 잘 알고 있었다. 한 번이라도 좋으니 큰 마리아가 성모
님께 바칠 그림을 그리는 모습을 보고 싶어 했다. 그들에게
큰 마리아는 그야말로 눈에 보이는 신성(神性)을 그려내는
자였다.

큰 마리아의 그림에 자신의 얼굴이 그려지면, 영원한 천국
에 들어가게 되고 또 추수를 당하지도 않게 되는…….

'잠깐, 그 이야기를 어디서 들었더라?'

큰 마리아의 그림에 얼굴이 그려지면 추수를 당하지 않게
된다는 그 말을.

열린 문 앞에 서서 기억을 더듬었다. 예배당에서, 사람들의
기도 사이에서 흘러나온 말이었다. 누가 한 말인지도 모를.

"뭐 해?"

멍하니 선 나를 물끄러미 보고 있던 큰 마리아가 무뚝뚝
하게 불렀다.

"아, 미안."

그제야 정신을 차리곤 안으로 들어섰다. 화실은 언젠가 한
번 열린 문틈으로 보며 상상했던 것보다 더 크고 넓었다.

'이곳이…….'

여기저기 쌓여 있는 캔버스들 그리고 물감에서 나는 화학품 냄새. 한쪽에는 큰 마리아가 평소에 사용하는 듯한 도구들이 막 작업하던 상태 그대로 놓여 있었다. 이젤과 붓과 팔레트 그리고 얼룩덜룩 물감이 묻어 있는 앞치마. 그 도구들에는 오랜 시간의 흔적이 켜켜이 배어 있었다.

연필로 밑그림을 잡아놓은 캔버스들에는 전부 성경 속의 이야기 혹은 유명한 성녀나 성자들의 모습이 담겨 있었다. 일부러 그런 건지 얼굴은 자세히 묘사하지 않았지만, 성경 속 유명한 인물들은 전부 상징이 있었으니 알아보는 건 그리 어렵지 않았다.

이들은 전부 죽음으로써 유명해진 사람들이었다.

순교를 하거나, 믿는 자들을 위해 죽거나, 죽을 때 기적이 일어났거나, 죽음도 불사하는 자들이거나.

결국 우리도 그와 같이 되어야만 하는 걸까. 어떠하든 죽음을 겪지 않고는…….

팔랑.

열린 창문으로 바람이 불어왔다. 차가운 바람의 손가락들이 내 어깨와 볼을 제멋대로 만지는 것 같았다. 그러고 보니 이 방 창문에는 덧문이 달려 있지 않았다. 왜 그럴까 의아해하던 참에, 캔버스를 가리고 있던 하얀 천 하나가 바닥으로 스르륵 떨어졌다.

"어……."

살색 덩어리들. 다시 덩어리들.

내가 뭘 본 거지?

천을 주우려고 고개를 들었다가 둥그런 살색 덩어리와 눈을 마주쳤다. 분명 그 덩어리에서 이목구비의 형상을 상상할 수 있겠지만 지금은 비어 있었다. 그러니까 그건 그림에 어려 있는 기운 같은 거였다.

전체적으로 거의 완성된 그림이었다. 아니, 정확히 말하면 그 살색의 덩어리를 제외하면 모든 부분이 완벽했다.

그러나 완벽해지려면 아직 한참 멀었다고 비웃기라도 하는 것처럼 중간중간 밑색 칠만 겨우 되어 있는 얼굴들. 다시 얼굴들.

어떤 꺾을 수 없는 고집이자 비웃음이었다.

너희들이 아무리 이 그림에 들어가고자 난리를 피워도 내 손으로는 그리지 않겠다는 의지. 그 의지는 기만으로 느껴지기까지 했다.

"아, 봤네?"

단조로운 목소리가 뒤에서 들려왔다.

큰 마리아가 따뜻한 차를 담은 컵을 내밀었다. 컵 안에서 풍기는 달콤한 향기를 맡은 순간 그림에 대한 생각을 다 잊어버렸다. 성모학원 안에서는 결코 맡을 수 없는 침샘을 자극하는 냄새였기 때문에.

"마셔. 선물이야."

큰 마리아의 허락이 떨어지자 나는 눈치고 체면이고 뒷발로 걷어차버리고 당장 컵을 받아 들어 꿀꺽꿀꺽 마셨다. 뜨거웠지만 참을 수 있었다. 달콤한 맛이 혀끝을 맴돌았다. 몸이 폭 녹아내리는 기분이었다.

밑바닥이 보일 때까지 마시고 입술에 묻은 것까지 깨끗하게 핥고 나서야 나를 계속 쳐다보고 있던 큰 마리아의 시선을 알아차렸다. 부끄러움이 밀려왔다. 성모학원에 들어와 하루하루 지날수록 염치와 멀어지는 것 같더니 이젠 나의 전부가 이렇게 됐다.

이곳에서 오래 지낸 애들은 부끄러움조차 느끼지 못하게 되었을까.

"어때?"

큰 마리아가 물었다. 그 애가 들고 있는 자신 몫의 차는 아직 그대로 남아 있었다.

"맛……있어."

"이곳에서는 그런 거 매일 먹을 수 있어. 차만 있는 것도 아니야. 다른 것들도 많지."

큰 마리아가 바닥에 떨어진 천을 들어 올렸다. 텅 비어 있는 그림 속 얼굴을 큰 마리아가 가만히 보았다.

"뭘 그린 건지 알겠어?"

나는 날카로운 칼을 쥔 사람과 그 칼에 이제 막 목이 떨어진 사람과 옆에서 손을 꽉 움켜쥔 채 그 장면을 지켜보는 사람을 보았다. 표정은 그려놓지 않았지만 충분히 짐작할 수 있었다.

칼을 쥔 사람은 무언가를 죽이는 사람들의 얼굴이 그렇듯, 더러운 것을 내려다보는 듯하면서도 결연한 심정이 깃든 표정을 짓고 있을 것이다. 그리고 뒤에 선 사람은 들키면 안 된다는 긴장감과 두려움으로 질린 표정을, 죽는 사람은 커다랗게 치뜬 눈과 여기서 이렇게 죽을 수 없다는 표정을 짓고 있을 테고.

"적장의 목을 베는 유디트. 아냐?"

큰 마리아가 작게 웃었다. 그러곤 천을 다시 그림 위에 걸쳐두었다. 그림은 천으로 가려졌지만 그 안의 살색 덩어리들은 여전히 내 망막에 남았다. 아직 무엇도 되지 못한 유디트와 시녀와 죽어가는 적장.

"재밌어. 성스러운 그림을 그린다고 하면서 이런 살인과 폭력을 상세하게 묘사할 수 있거든."

적장의 목에서 막 뿜어져 나오기 시작한 붉은 피는 선명했다. 손으로 만지면 그대로 그림에서 피가 묻어날 것만 같았다. 피 한 방울, 한 방울은 이리도 공들여 그려놨으면서 얼굴에는 아무것도 그리지 않은 게 묘하게 더 기괴했다.

"모든 성스러움은 죽음으로 완성되는 법이지."

큰 마리아가 혼잣말처럼 중얼거렸다.

"그래서…… 누구의 얼굴도 그림에 넣지 않은 거야?"

내가 조금은 당돌하게 묻자 큰 마리아가 천천히 고개를 돌렸다. 열린 창문, 불어오는 바람에 큰 마리아의 머리칼이 꿈틀거리듯이 흔들렸다. 마치 살아있는 것처럼. 긴 눈동자가 나를 훑었다. 그 시선은 차가운 뱀이 내 피부를 타고 온몸을 돌아다니는 것처럼 오싹했다.

"네 그림에 얼굴이 그려지면 영원한 천국에 들어간다는 말을 들었어. 추수를 당하지도 않게 될 거라고."

"그렇게들 믿고 있지."

대답은 시큰둥하게 했지만 큰 마리아의 얼굴엔 당연하다는 표정이 깃들어 있었다.

"그걸 알면서 그 누구의 얼굴도 그림에 그려 넣지 않은 거야?"

"그럴 만한 사람이 지금까지는 없었으니까."

"뭐라고?"

큰 마리아가 나에게 한 걸음 다가왔다.

"성모님께서도 믿는 자만을 구원하셔."

그렇게 말하는 큰 마리아의 눈에 광채가 어렸다. 반짝이는 눈빛은 이곳의 어둠 속에서도 선연하게 빛났다. 큰 마리아가 그린 그림들이 그랬던 것처럼 아주 선명하게.

"그런데 내가 뭐라고 아무나 구원을 해?"

이쪽으로 다시 한 걸음.

"그렇지 않아?"

"그건······."

뭐라고 대답해야 할지 알 수 없었다.

그때 화실의 문이 벌컥, 요란하게 열렸다.

"저번에 그리다 만 그림을 계속······."

들어오던 아녜스가 멈칫하며 그 자리에서 입을 다물었다. 우뚝 멈춰 선 채로 나와 큰 마리아를 번갈아 보았다.

문 앞에 서 있는 아녜스는 성모학원에서 보기 드문 요상한 옷을 입고 있었다. 아래로 늘어진 흰색 천, 머리에 드리운 긴 베일, 거기에 파도처럼 휘날리는 머리칼까지······.

천사.

보자마자 그 말이 떠올랐다. 지금 아녜스는 천사의 모습을 닮았다. 누구나 단번에 알아차릴 만큼 분명하게.

"지금 뭐 하는 거야?"

하지만 아녜스의 목소리는 천사 같은 외모와 어울리지 않게 날카로웠다.

큰 마리아는 표정을 조금도 바꾸지 않고 간단히 고갯짓만 했다.

"앉아. 그리고 마리아는 촛불을 좀 켜줄래?"

그 말에 나는 양초를 찾았다. 뒤편에 쓰다 만 양초들이 토막 난 채로 잔뜩 굴러다녔다. 다른 아이들은 양초가 부족해 이른 밤에도 제대로 불을 켜지 못하는 형편이었다.

그리고 음식들.

눈이 흔들렸다. 손을 뻗지 않으려 애를 써야 했다. 그러나 반짝이는 포장지에 싸인 음식들은 당장 자신을 입안에 넣고 삼키라고 나를 끈덕지게 유혹했다. 바스락거리는 봉투에 싸인 초콜릿과 과자들 그리고 유통기한이 긴 보존식품들. 저녁이랍시고 나온 얇고 무미건조한 크래커와는 비교도 되지 않는 것들이었다.

"……."

종일 학원 안에 있어 봤자 먹을 수 있는 건 부실하기 짝이 없는 아침과 저녁 급식이 전부였다. 그런데 이렇게 눈앞에 근사한 먹을 것들이 보이니 참기 어려운 건 사실이었다.

그럼에도 참았다. 최대한 아무렇지 않은 표정으로 양초에 불을 붙였다. 탁탁, 촛불이 타는 소리가 들렸다.

"접시로 아래 받치고."

큰 마리아가 돌아보지도 않고 말했다.

촛농이 굳어 있는 접시에 얼른 양초를 올렸다. 그걸 들고 천천히 아녜스가 앉아 있는 의자로 다가갔다.

붉은 천을 깐 긴 의자 위에 다소곳이 앉아 있는 아녜스의 모습은 정말 사람 같지가 않았다. 질 좋은 대리석을 재료로 심혈을 기울여 깎아 만든 것 같은 이마와 턱, 우아한 팔과 손, 빛나는 눈동자와 보드라운 뺨. 사람이라기보다는 천상에서 내려온 성스러운 존재처럼 보였다.

떨리는 손으로 아녜스의 뒤편에 촛불을 놓았다.

"좀 더 왼쪽으로."

큰 마리아의 음성은 다분히 사무적으로 들렸다. 나는 촛불을 왼쪽으로 당겼다. 아녜스의 갈색 머리칼 위로 촛불이 빛을 드리웠다.

이렇게 촛불이 어둠과 빛을 적절히 나눠주니 아녜스는 명화에서 바로 튀어나온 것처럼 신비로워 보이기까지 했다. 곧이라도 신의 계시를 받거나 계시를 내릴 것만 같은 얼굴.

아녜스가 큰 마리아를 바라보는 채로 미동도 없이 내게 속삭였다.

"넌 추수당할 거야. 그림자들에게 붙잡혀서는."

그 말에 움직일 수가 없었다. 무슨 주문이라도 걸린 것처럼 옴짝달싹 못 했다. 무슨 뜻인지 되물을 새도 없었다.

"너, 봤지? 추수당할 거라는 글자들 말이야."

무서운 말을 하는데도 아주 자연스럽고 다정한 말투였다. 나를 걱정해준다고 착각할 정도로. 아녜스의 말에 나는 화장실에서 보았던 붉은 피로 적힌 문구를 떠올렸다. 너는 추수당할 것이다.

"그, 그걸 어떻게……."

내 목소리가 힘없이 흔들렸다.

사실 반쯤은 내가 잘못 봤을지도 모른다고 생각했다. 성모학원에 적응하느라 스트레스를 받아 그런 헛것을 본 거라고. 그곳에 쓰러진 나를 기숙사로 데려다준 큰 마리아도 그에 관한 말은 꺼내지 않았으니까. 만약 정말로 그 벽에 피로 글씨가 적혀 있었다면 벌써 소문이 파다하게 퍼져 온 기숙사가 들썩거렸을 것이다. 그런 일이 일어나지 않았으니, 잘 못 본 거라고.

그래, 지금까지 정말 그렇게 생각했다.

어쩌면 기대에 불과한 걸지도 몰랐다. 식당에서 겪은 일이 떠올랐다. 그런 오싹한 소리가 나는데도 절대 고개 들어 쳐다보지 않던 아이들. 그들은 언제나 마찬가지로 모든 일을 모른 척하고 있는지도 몰랐다.

모른 척하면 마치 그 일이 없어지기라도 하는 것처럼.

"모를 수가 있겠어? 그래서 다들 고마워하고 있어."

아네스가 천진하게 미소를 지으며 속삭였다.

"고마워하고 있다고?"

"응, 네가 추수당하면 우리가 안전해질 테니까."

무슨 말인지 이해할 수 없었다. 추수를 당한다는 건, 먹을 것 없는 겨울을 버티지 못하고 죽어나가는 걸 의미할 텐데. 하지만 한 명이 죽었다고 다른 사람들이 굶어 죽지 않거나 배고픔을 느끼지 않게 되는 건 아니었다.

"대체 그게 무슨……."

갈피를 잡을 수 없었다. 다른 아이들 사이에도 내가 추수당할 거라는 소문이 퍼져 있는 걸까.

'그냥 이렇게 죽는다고?'

아무것도 해보지 못하고, 여기에 온 이유도 찾지 못한 채. 그런 건 싫어.

'응?'

순간 들려온 누군가의 목소리에 고개를 들었다.

이건 어디서 시작되어 내 귀를 울린 걸까?

그때, 큰 마리아가 입을 열었다.

"작은 마리아, 아네스 옆에 서볼래?"

내가 말뜻을 이해하기도 전에 아네스가 큰 마리아에게 되물었다.

"뭐라고?"

아네스의 목소리는 막 깨진 유리 조각처럼 날카로웠다. 그러나 대답하는 큰 마리아의 목소리는 덤덤했다.

"아네스, 네 옆에 꽃 시중을 드는 시녀가 있으면 좋겠어. 굳이 네가 두 번 모델을 서지 않아도 되잖아."

"큰 마리아, 너 지금……!"

아네스의 얼굴이 득달같이 붉으락푸르락해졌다. 나 또한 큰 마리아가 무엇을 하려는지 곧바로 깨달았다.

큰 마리아는 지금 나를, 이 그림의 모델로 세우려는 거였다. 지금껏 아네스 홀로 누려온 것을, 모든 특별한 대우의 원천인 그 기회를 나에게도 주는 거였다.

큰 마리아는 아까와 똑같은 목소리로 물었다.

"왜? 문제 있어?"

아녜스가 숨을 훅 들이마셨다. 아녜스의 전율이 옆에 선 나에게도 서늘하게 전해졌다.

"……네 모델은 나잖아. 오직 나밖에 없었잖아."

아녜스가 쉽게 물러서지 않겠다는 듯 사리에서 일어나 꼿꼿하게 몸을 세웠다.

"다른 누구도 우리 사이에 낄 자격 없어."

아녜스가 큰 마리아에게 천천히 다가갔다.

"그냥 늘 하던 대로 하자. 작년 추수의 기간에도 그랬잖아? 다른 사람이 왜 필요해? 내가 다 할 수 있어. 응? 마리아……."

아녜스의 아름다운 얼굴은 조금씩 맺히는 눈물로 반짝였다. 나라도 당장 나서서 끼어들지 않겠다며 말려야 할 것만 같은 분위기였다. 그러나 큰 마리아의 눈빛은 조금도 흔들리지 않았다.

"그냥 네 뒤에 작은 마리아를 세운다는 것뿐이야. 뭘 그렇게 예민하게 받아들여? 지금까지 내 모든 그림의 모델은 너였잖아. 작은 것 하나 나누는 게 그렇게 어려워? 성모님께서는 그런 마음을 믿음이라고 보실까?"

아녜스는 대답하지 못했다. 큰 마리아가 아무 말도 하지 못하는 아녜스를 가만히 내려다보았다.

"네 이런 모습을 성모님께서 어떻게 생각하시겠어?"

이번엔 어깨까지 흠칫 떨었다. 숨을 깊이 들이마셨다가 잘

게 내쉬며 아네스가 다시 입을 열었다.

"하지만 큰 마리아, 네가 그린 그림 중 단 하나도, 내 얼굴이 들어간 건 없잖아."

아네스가 느리게 뒤를 돌았다. 아네스의 시선이 고정된 방향엔 천으로 가려둔 그림들이 가지런히 놓여 있었다. 그쪽으로 뒷짐을 지고 다가간 아네스가 갑자기 거친 손놀림으로 천들을 벗겨냈다.

"여기도! 여기도!"

천이 한 장씩 떨어질 때마다 일렁이는 촛불 아래 그림이 드러났다. 그림마다 얼굴 부분만이 텅 비어 있었다. 내가 본 다른 그림처럼.

"계속하다 보면 언젠가 한 번은 내 얼굴도 들어갈 수 있을 거라고 생각했어. 그런데 그날이 오긴 하는 거야?"

바짝 날이 선 아네스의 목소리는 예리하면서도 불안했다.

"어디서 왔는지도 모르는 이런 애를 왜 모델로 세우겠다는 건데? 너도 알잖아. 얘는 추수당할 거야!"

어느새 큰 마리아의 앞까지 다가간 아네스가 자신의 얼굴을 가까이 들이댔다.

차가운 방에서 둘의 하얀 숨결이 부딪쳤다. 큰 마리아는 미동도 없이 그저 가만히 그런 아네스를 내려다볼 뿐이었다.

화를 내느라 경직된 이 순간에도 아네스의 얼굴을 타고 흘러내리는 곡선은 그야말로 완벽했다. 분노가 서려 금세라도 일그러질 것만 같았는데도 여전히 아름다웠다.

나는 이 방의 손님에 불과했다. 이곳은 저 둘의 시간과 이야기로 가득 찬 공간이었다.

"큰 마리아, 결국 네가 그려야 할 사람은 나야. 그건 왜 몰라?"

아네스의 얼굴은 절대적인 믿음으로 가득 차 있었다. 독선적일지라도 그녀의 믿음은 어떤 못으로도 뚫을 수 없을 것처럼 견고했다. 아네스는 큰 마리아가 그 믿음을 저버릴 리 없다고 확신하는 모양이었다.

"네가 다른 사람들에게 보여야 할 신성이 결국은 내 얼굴이라고. 성모님께서도 그걸 바라고 계셔."

순백의 믿음으로 가득 찬 아네스의 눈. 자신이 그렇게 믿고 있으니 다른 사람도 당연히 그렇게 믿어야 한다고 함부로 단정하는 그 집요한 눈.

"이제는 우리도 3학년이잖아. 이번이 마지막이라고, 우리에게는!"

"……마지막이라."

빈정거리는 미소를 설핏 드러내며 큰 마리아가 혼잣말처럼 중얼거렸다. 그 목소리엔 미묘하게 회의가 깃들어 있었다. 정말로 이게 마지막일까, 하는 의문.

"큰 마리아……."

아네스가 팔을 내밀어 큰 마리아의 손을 잡았다. 하지만 그녀의 입에서 새어 나오는 대답은 싸늘했다.

"여기서 내 지시에 따르지 않을 거라면 나가."

매달리던 아녜스가 더는 못 참겠다는 듯 입술을 악물었다. 스르르 팔이 맥없이 떨어졌다. 금세 창백하게 질린 얼굴로 제 옷자락을 움켜잡고는, 바람처럼 문 바깥으로 나가버렸다.

쾅!

화실의 문이 싸늘한 소리를 내면서 닫혔다. 큰 마리아가 작게 혀를 찼다. 중간에 끼어 아무것도 못 한 채 굳어 있던 나는 그제야 가늘게 숨을 내뱉었다.

아녜스가 벗겨놓은 그림들이 전부 우리를 쳐다보고 있었다. 물론 얼굴은 그려놓지 않았으니 쳐다본다고 말하는 건 이상하다. 그렇지만 채 그려지지 못한 눈들이 일제히 이쪽을 보고 있는 기분이 너무도 선명했다.

아녜스의 몸을 보고 그려놓은 사람들, 그러나 머리는 없는 그림 속 사람들이 나를 빤히 보았다. 과연 너는 어떨까, 싶은 표정들.

"앉아."

큰 마리아의 건조한 음성에 나는 고개를 들었다.

"정말로?"

"두 번 말하게 하지 마."

큰 마리아가 이젤을 치우곤 손에 작은 스케치북을 들었다. 큰 마리아의 말에는 거역할 수 없는 어떤 힘이 깃들어 있었다.

나는 어떻게 해야 할지 모르겠다는 얼굴로 주춤거리며 그
녀가 가리킨 자리에 섰다.

"거기 말고, 의자에 앉아."

아녜스가 앉아 있던 의자였다. 그곳에 앉으면 아녜스와 비
교될 것 같아 머뭇거렸다. 큰 마리아가 한숨을 쉬곤 자리에
서 일어났다. 다가와 내 어깨를 잡고 직접 의자에 앉혔다.

"이렇게."

큰 마리아의 차가운 손가락이 내 목덜미에 닿았다.

손이 닿은 부분에 소름이 확 돋았다. 저도 모르게 움찔하
는 걸 느꼈을 텐데도 큰 마리아는 아무렇지 않은 표정이었
다. 자연스럽게 내 포즈를 잡아주었다. 긴 의자에 비스듬히
나를 눕히곤 위아래로 한번 훑어보았다.

살짝 고개를 기울이던 큰 마리아가 화실 구석에서 뭔가를
가져왔다. 길게 꺾은 백합꽃이었다. 푸른빛이 돌 정도로 새
하얀 꽃잎은 서늘해 보였다. 긴 꽃대는 잘 벼려진 창 같기도
했다. 누군가의 심장을 찌르면 푹 들어갈 것처럼.

"이걸 들어."

"겨울인데 이건 어디서 난 거야?"

백합을 손에 받아 들자 특유의 향이 코로 밀려들었다. 이
곳에서 한 번도 맡아보지 못한 싱그러운 향.

"온실이 있어."

"온실이 있다고?"

말도 안 됐다.

학원생들은 늘 추위에 떨고 있는데, 식물을 위해 따뜻하게 온도가 유지되는 온실이 있다니.

"백합은 성모님을 상징하는 꽃이잖아. 우리 학원의 이름이 뭔지 잊어버린 건 아니지?"

성모학원.

"성모님의 제단에 올릴 꽃은 빠지면 안 되거든. 이곳에선…… 목숨 한두 개보다 그게 더 중요하니까."

"사람 목숨보다 중요하다고?"

큰 마리아가 은근하게 미소 지었다.

"믿음으로 죽은 자들은 당연히 천국에 가니까. 성모님께 바칠 꽃을 위해 죽는 거라면 차라리 낫겠지."

"……그럼 추수당한다는 건?"

내가 마음먹고 단도직입적으로 묻자 큰 마리아가 긴 눈을 깜박였다. 큰 마리아가 연필을 움직이며 천천히 대답했다.

"추수당한다는 건, 믿음이 없다는 것의 명백한 상징이지. 쭉정이들이 갈 곳은 영원히 뜨거운 지옥불뿐이니까."

"영원히 뜨거운 지옥불……."

"나는 이곳에서 너를 도울 수 있는 유일한 사람이야."

갑작스러운 말이었다. 왜 그런 말을?

내가 슬며시 얼굴을 들었다. 큰 마리아가 다시 고개를 떨구라는 듯 눈짓을 했다. 내가 고개를 아래로 다시 숙이자 큰 마리아가 말을 이었다.

"그러니 다른 사람들 이야기는 믿지 마."

그러곤 큰 마리아의 시선은 캔버스에 고정되었다.

삭삭삭.

연필이 도화지에 선을 긋는 소리가 속삭이는 것처럼 들렸다.

"넌 믿어도 되고?"

지금 큰 마리아가 무엇을 그리고 있는지 보고 싶었다. 아녜스에게 그랬던 것처럼 또 얼굴 없는 사람만을 그리고 있을까? 그 누구도 구원받지 못하도록?

"적어도 나는 다른 것들과는 다르니까."

다른 것.

이질적인 단어가 귀에 콱 틀어박혔다. '다른 사람'이 아니라 '다른 것'이라니, 표현이 묘했다. 큰 마리아는 내가 그 말의 뜻을 물어보기도 전에 스케치북을 돌려 내게 보여주었다.

"어때?"

"아……."

어깨 위로 흘러내린 머리칼, 새카만 눈동자.

거기엔 백합을 든 채 길게 누워 있는 내 모습이 스케치되어 있었다.

그리고 백합을 들고 있는 내 손 위, 거기엔.

다른 손가락이 얹어져 있었다. 누구의 것인지 모를.

***

잠에서 깬 요한나가 멍하니 방 안에 고인 어둠을 바라보았다.

기숙사의 창문은 모두 덧문으로 막혀 있어 밤인지 새벽인지 알 수 없었다. 사실 이런 시간은 이들에게 별 상관이 없기도 했다. 성모학원에서 시간의 흐름은 무용했다. 시간이 흘러도 바뀌는 건 아무것도 없었으니까.

이 안에서 시간은 흘러가는 게 아니라 계속해서 맴도는 거였다. 같은 자리에서 계속 계속 계속.

맴돌고 고이고 썩어가다 결국에는 왜 내가 여기에 있는 건지, 내가 누군지도 모른 채 긴 겨울과 깊은 적막과 두꺼운 눈에 묻히고 마는 거였다.

요한나는 유디트를 처음 만났던 순간을 기억했다. 아직 찬기가 다 가시지 않던 입학식 날, 유디트는 입술을 앙다문 채 그 자리에 가만히 서 있었다. 한 발짝이라도 움직이면 사라질 것만 같았다.

그해는 여느 해보다 유독 날씨가 맑았다. 봄과 여름 동안 햇볕이 좋아 가을에 많은 작물을 얻을 수 있었다. 겨울도 그리 춥지 않았다. 이런 해는 드물다고 수녀 중 누군가 말했다. 요한나는 그게 유디트와 자신이 안전하게 3년을 보내고 졸업할 수 있을지도 모른다는 징조라고 여겼다.

유디트는 가냘팠지만 분위기 하나는 잘 읽었다. 그래서 요한나의 곁에서 멀어지지 않았다. 요한나가 앞으로 자신을 지켜주고 돌봐줄 거라는 사실을 잘 알고 있다는 듯.

요한나는 건강한 몸을 타고났다. 그건 성모학원의 삶에서 복 받은 일이었다. 그래서 누구보다 앞장서서 성모학원의 일을 처리했다. 먹을 것을 받는 대신 다른 학원생들의 일을 해주기도 했고, 행사가 있으면 빠지지 않고 나섰다.

그렇게 얻은 먹거리들은 모두 유디트와 함께 나눴다. 유디트는 자신의 노고가 없어도 당연하다는 듯 그것들을 받았다. 그게 참으로 유디트다웠다. 그리고 요한나는 그런 유디트의 행동을 자랑스럽게 여겼다. 다른 아이들에게는 늘 경계심을 늦추지 않는 유디트가 자신만은 믿는다는 의미였으니까.

2학년에 올라가면서는 유디트와 같은 기숙사 방을 쓰기 위해 더 많은 잡일을 처리했다. 요한나에게 그건 충분히 할 만한 가치가 있는 일이었다.

기숙사 방의 얇은 이불에 감겨 언젠가 유디트는 그런 말을 한 적이 있었다.

'난 내 이름이 싫어. 성경에 제대로 실려 있는 이름도 아니잖아.'

유디트의 이야기는 외전으로만 전해질 뿐 성경에는 기록되지 않았으니까.

'하지만 난 그게 더 좋은걸. 적의 목을 자른 유디트. 멋지잖아. 언젠간…….'

그 뒷이야기는 하지 못했다. 누군가 듣는다면 불경스럽다 여길 수도 있었다. 이곳에서 미래에 대한 이야기는 암묵적 금지 사항 중 하나였다. 현재 가진 것에 만족할 줄 모르고 더 나은 미래를 바란다는 뜻이었으니까.

"있잖아, 요한나."

유디트의 목소리는 요한나가 깬 걸 진작부터 알고 있었다는 듯 태연했다.

"왜, 유디트?"

요한나가 유디트 쪽으로 고개를 돌렸다. 그런데 유디트는 요한나를 보고 있지 않았다. 요한나는 어디다 넋을 뺏긴 듯한 유디트를 가만히 내려다보았다.

유디트는 가끔, 하면 안 되는 말을 입 밖으로 흘리곤 했다. 그리고 그 말을 잡아채 다시는 하지 않게 만드는 것이 요한나의 일 가운데 하나였다.

그건 베로니카 수녀가 알려준 방법이었다.

베로니카 수녀는 이러면 안 되지만 어쩔 수 없다는 얼굴로 요한나에게 속삭였다. 혹시라도 유디트가 이해할 수 없는 소리를 하거든 일단 들어두라고. 유디트가 하는 말들은 누구에게라도 하지 않고는 견딜 수 없는 이야기니까 처음은 들어둘 수밖에 없었다.

베로니카 수녀는 이어 말했다. 그러고 나서 꿈에서 깨어나게 하라고.

"왜 그래, 유디트. 말해봐. 무슨 일인데?"

요한나가 나지막하게 유디트에게 물었다. 오래된 습관이었다. 조심스럽게 유디트에게 무슨 일이냐고 묻고, 누구에게도 해서는 안 될 이야기를 듣고 마음속에 묻어두는 것.

그렇게 쌓아둔 말들이 얼마나 되는지 이젠 헤아릴 수도 없었다.

오로지 이 안에서 요한나만이 할 수 있는 일이었다. 그래서 해야만 했다. 적어도 유디트가 그것 때문에 다른 아이들의 눈 밖에 나는 일은 없어야 했다.

"……."

유디트가 입술만 달싹였다.

"왜 그래?"

"이번 겨울을 못 넘길 것 같아."

"아……."

유디트의 입에서 흘러나온 말에 요한나는 자기도 모르게 신음 소리를 냈다. 심장이 철렁 내려앉는 것만 같았다. 전혀 생각하지도 못한 내용이었다. 요한나의 짙은 눈썹이 꿈틀거렸다.

"그게…… 무슨 소리야?"

"뭔가가 바뀌었어. 그동안의 겨울과는 전혀 다를 거야."

요한나가 아무도 눈치채선 안 된다는 것을 일러주려는 듯 느리게 몸을 일으켰다. 여기서 유디트가 더 말을 하게 두면 안 됐다. 지금껏 했던 어떤 말보다도 신성하지 못한 일이었다. 그것도 이 겨울과 관련한 이야기이니 더욱더.

"유디트."

말을 멈추게 하려고 다가갔지만 유디트가 더 빨랐다.

"그게 우리를 이 겨울에 영영 묻어버릴 거야. 정말로 그럴 거라고."

"유디트, 쉿!"

요한나가 유디트의 어깨를 살짝 움켜잡았다. 유디트가 어깨에 올려진 요한나의 커다란 손 위에다 자신의 손을 쓸 듯이 얹었다.

요한나는 유디트의 손이 차가운 건지 아니면 뜨거운 건지 알 수 없었다. 혹은 둘 다일지도 몰랐다.

"요한나, 그래도 넌 나와 함께할 거지?"

요한나의 눈에 생경한 유디트의 얼굴이 비쳤다.

"나와 함께할 거지, 응? 요한나, 나도 그럴 건데, 너도 그럴 거지?"

유디트가 대답을 듣고 싶다는 듯 요한나를 빤히 쳐다보았다. 절박한 건지, 환희에 찬 건지 혹은 둘 다인지 이번에도 역시 알 수 없었다. 그저 요한나는 그 눈빛을 거부할 수가 없었다.

요한나가 천천히 입을 열었다. 이 질문에 대답해서 유디트를 막지 못했다는 말을 들어도 할 수 없었다. 대답하지 않으면 유디트가 당장 무너질 것 같았기 때문에.

"……당연하지. 난 언제나 네 곁에 있을 거야."

그제야 유디트의 얼굴에 미소가 퍼졌다.

"응, 요한나. 나도 항상 네 옆에 있을게."

요한나가 유디트 옆으로 몸을 기대앉아 어깨를 감쌌다. 침대에 앉은 둘의 시야에 들어오는 건, 나무 덧문 사이의 틈사이로 한없이 내리는 눈이었다.

이곳에서 무슨 일이 일어나도 바깥에서는 아무 소리도 들리지 않도록 모든 이야기를 다 먹어 치우는 저 눈.

제아무리 난삽하고 끔찍한 현장도 하얀 장막처럼 가려버리는 저 눈.

"빨리 쭉정이가 나오길 바라자. 그럼, 이 눈도 겨울도 아무렇지 않게 보낼 수 있잖아."

추수의 기간.

성모학원의 울타리에 머무는 이들은 절대 지나칠 수 없는 그 기간. 죄의 책임을 묻고 믿음이 적은 사람들은 영원한 불에 던져지는 속죄의 날.

천사의 날개는 소리도 없이 이곳에 그림자를 드리웠다. 눈이 내리고 그들의 발자국이 이곳을 향하면 모두가 고개를 들지 못했다. 숨도 제대로 쉬지 못한 채 언제 이 눈보라가

지나갈지 마음속으로 가늠하고 또 가늠하면서.

이번에는 누가 추수를 당할까.

그런 생각만으로 가득 차서 다른 건 떠올리지도 못했다. 추수의 기간이 선포되면 모두 아무 말도 하지 않았지만 서로가 서로를 감시했다. 누가 쭉정이로 적당한지 염탐이라도 하는 것처럼.

천사들은 추수의 기간 동안 성모학원을 은밀하게, 그러면서도 샅샅이 돌아다니며 쭉정이들을 골라냈다. 그 천사들이 언제부터 성모학원을 찾아와 추수를 했는지는 아무도 몰랐다. 다만 성모학원의 전신인 수도원 설립 시기에 발견한 성모상에서 그 기원을 짐작할 수는 있었다.

수도원을 짓기로 한 부지에서 성모상이 발견되었는데, 그러고 나서 얼마 후 잇따라 천사상 몇 개가 더 발견되었다. 온전한 형태로 발견된 성모상과 달리 천사상은 하나같이 군데군데 부서져 있었다. 원래는 아름다운 모습이었을 테지만 날개며, 얼굴이며, 가슴이며, 손가락이며 제멋대로 파손되어 흉측한 몰골이 되고 말았다. 부서진 파편들은 어디서도 발견되지 않았다고 한다.

누군가는 그래서 천사상의 저주가 시작되었다고 했다. 천사상이 완전한 제 모습을 되찾기 위해 자신들이 발견된 터에 자리 잡은 성모학원의 아이들을 하나둘 데려간 것이 추수의 시작이었다고 했다. 다른 설도 있었다. 성모학원의 규율을 지키지 않은 학원생 중 하나가 잊힌 천사상을 찾아 불러냈다는 것이다. 깨우지 말아야 할 천사상이 깨어나버리자 자신의 처참한 모습을 확인하고 폭주해버렸다고도 했다.

기원이야 어찌 되었건 결국 중요한 건 추수의 기간 안에 쭉정이들이 추수당한다는 사실이었다.

누가 언제 추수당할지 잘 살펴봐야 해. 누구라도 빨리⋯⋯ 당했으면 좋겠다. 천사들이 우리 머리 위를 빙글빙글 돌지만 말고.

저 자욱한 안개 너머 쌓이는 눈의 성벽 사이에서, 차가운 벽을 타고 나오는 한기 사이에서 바라보는 그 눈, 발톱, 칼날, 덫.

우리 중 가장 연약한 아이의 목덜미를 언제 어떻게 물어뜯을지 계산하는 나머지 아이들의 머릿속, 다 읽히는 수, 오랫동안 쌓아온 무덤에서 흘러나오는 비린 피 냄새.

언제까지 숨어 있어야 할까. 이 눈은 언제 그치는 걸까.

빨리 누구라도 저들의 낫에 걸려 쓰러지기를 바라고 있었다. 어쩌면 그 칼날의 끝이 자신의 주변을 맴돌고 있을지도 모른다는 생각은 저 아래 꼭꼭 감춰두고선⋯⋯.

그때, 찢어질 듯한 비명이 울려 퍼졌다.

소름이 발끝에서 머리끝까지 순식간에 타고 오를 만큼 날카로운 소리였다.

쿵!

그리고 뭔가 아주 무거운 것이 떨어지는 진동이 아래서부터 느껴졌다.

"요한나!"

유디트가 먼저 자리에서 벌떡 일어났다.

* * *

쿵!

갑작스러운 진동이 자고 있던 내 머리맡의 허공을 덮쳤다. 아무리 깊이 잠들었어도 깨어날 수밖에 없는 울림이었다.

문밖이 소란스러웠다. 뭐지? 헤아릴 틈도 없이 얼른 낡은 겉옷을 걸치곤 기숙사 방문을 열었다. 아니, 내가 열기도 전에 문이 열렸다.

"마리아."

내 이름을 부르는 큰 마리아의 목소리가 묵직하게 들렸다.

"무슨 일이야?"

덧문으로 꼭꼭 닫혀 있어 어두운 건 마찬가지였지만, 아직 해가 떠오르지 않은 게 분명했다. 창문의 틈새로 새어 나오는 빛이 조금도 보이지 않았다. 여전히 영원할 것 같은 어둠이 이곳을 가득 메우고 있었다.

"벌써…… 추수당한 사람이 생긴 거야?"

내 질문에 큰 마리아는 입을 열지 않았다. 뭔가가 일어난 것은 분명했다. 그게 무엇이든 지금 당장 내려가서 확인해야 했다.

"일단 나와."

큰 마리아가 방 안으로 손을 내밀었다. 나는 큰 마리아의 손을 덥석 잡고는 방에서 나와 계단을 향해 달려갔다.

앞서 달려가는 다른 아이들의 뒷모습이 보였다.

펄럭이는 낡은 옷자락, 어둠을 헤치며 파도처럼 움직이는 머리카락, 언뜻언뜻 보이는 희뜩한 뺨과 코, 여린 손목과 목덜미.

나와 큰 마리아 역시 그 파도에 휩쓸려 계단을 타고 내려갔다.

헉헉대는 가쁜 숨소리들이 곳곳에서 메아리처럼 울렸다.

"누가, 나온 거야!"

"누구래?"

소리들, 소리들.

다른 방의 아이들도 전부 그 소리를 듣고선 아래로 물밀듯이 내려가고 있었다.

"지금?"

"1층에!"

"당장 가서 봐야……."

계단 칸마다 울리는 말소리들은 균일한 성량으로 연신 지저귀는 새의 목소리 같았다. 지옥의 끝자락에 앉아서 누군가 또 이곳으로 끌려오기만을 기다리는 작은 새들.

무심코 부는 칼바람 한 번에도 날개가 잘릴 새들은 다음은 생각하지 않고 아래로만 날아들었다. 다들 제대로 자지 못한 얼굴들이었다. 그러나 그 퀭한 얼굴엔 일말의 희망 같은 게 퍼져 있었다.

어쩌면 오늘 바로 추수의 날이 끝날지도 모른다는 기대감. 그리고 이번 겨울에도 자신이 산 제물이 되지 않았다는 안도의 기쁨.

뛰어가는 학원생들 사이에 꼭 끼어버린 나는 희미한 어지럼증을 느꼈다.

처음 보는 광경도 아니건만 지독했다. 다른 이의 죽음을 확인하려고 뛰어가는 그 모습이, 지독했다.

다른 이의 죽음이 곧 자신의 구원이기에 저렇게 기를 쓰고 뛰어가는 것이다. 누군가의 죽음을 확인해야만 진짜로 안심이 될 테니까.

'그럼 나는 왜……'

생각이 더 이어지기도 전에, 앞에서 뛰어가던 학생 하나가 헛구역질을 했다.

"우욱……!"

비슷하게 먼저 도착한 아이들이 일제히 손으로 입을 가렸다. 그럴 수만 있다면 얼굴을 다 가리고 싶은 것처럼 두 손을 모으기도 했다.

옆에 있던 큰 마리아의 눈썹도 찌푸려졌다. 이곳에 도착한 모두가 약속이라도 한 것처럼 똑같이 보인 반응이었다. 누군가의 죽음을 보고 안도감을 느끼려던 사람들 앞을 막아선 그것은…….

새하얀 손가락

바닥에 떨어져 있는 건 분명 손가락이었다. 그게 왜 저 바닥에 덩그러니 놓여 있는 건지 의문을 품기도 전에 겹치는 이미지가 있었다.

어젯밤, 큰 마리아의 그림에 들어 있던 손가락.

그 하얀 손가락이 생명을 얻어 질량과 무게를 가지고 캔버스를 찢고 여기로 뛰쳐나온 것만 같았다.

순식간에 냄새가 코끝을 훅 스쳤다.

"윽……."

현관홀을 가득 채워나가는 냄새. 이 냄새는…….

"저게……."

무슨 상황인지 도저히 알 수가 없었다. 그저 멍하니 내 앞에 펼쳐진 광경을 바라볼 뿐이었다.

철벅.

누군가의 발아래로 질척이는 소리가 났다. 다들 숨을 헉, 하고 들이마셨다. 선명한 피 웅덩이가 그 아래 펼쳐져 있었다. 어디서부터 흘러온 건지도 알 수 없는 핏물이 발바닥을 적셨다.

"어째서……."

누군가 중얼거리는 소리.

위에 있던 무언가가 꿀럭거리며 미끄러져 내렸다.

사선으로 잘린 면을 따라 천천히 내려온 그것이 바닥으로
떨어져 내렸다.

쿵!

묵직한 진동이 가슴을 철렁 울렸다. 아까 기숙사 방 안에
서 느꼈던 것과 비슷한 진동이었다.

바닥을 요란하게 때리는 육중한 느낌, 아래로 철퍽 떨어지
는 액체의 감각.

그건 커다란 살덩이와 뼈.

짓이겨진 살덩이가 퍼덕거리면서 뛰었다. 큰 마리아의 호
박색 눈동자에 반으로 잘린 '그것'의 모습이 선명히 비쳤다.

"휘둘러진 낫에는 자비가 없고……."

큰 마리아의 입에서 그 말이 흘러나왔다.

아이들이 모인 곳은 성모학원의 중심인 현관홀이었다. 그
가운데 서 있는 건, 성모상이었다. 이곳에 들어선 이들을 서
늘한 눈으로 올려다보던 그 성모상. 새하얀 대리석으로 만
들어진 아름다운 성모상.

나 역시 성모학원에 들어왔을 때 그 석상을 올려다보았다.
이곳에 들어온 자들을 하나씩 아로새기듯 내려다보던 그 위
엄 어린 눈빛.

그러나 이제는 새하얗지도, 아름답지도 않았다.

허리께에서 잘린 성모상이 떨어지면서 부서진 조각들이 바닥에 나뒹굴었다. 살과 뼈의 형체로.

커다란 손가락, 커다란 살덩이, 커다란 귀.

그건 인간의 것이 아니었다. 인간의 것이라고 할 수 없는 신체의 조각조각이 현관홀의 바닥에 흩뿌려졌다.

처참한 살육의 현장을 연상케 했다.

짙은 피비린내가 한꺼번에 모여든 아이들을 짓눌렀다. 우욱, 누군가가 참지 못하고 토악질을 하는 소리가 가까이서 들렸다.

"성모님! 주님!"

누군가 비명처럼 외쳤다. 하지만 그렇게 외쳐대는 소리가 이곳에 있는 이들을 구원해줄 리 만무했다. 그저 여기가 그런 비명들이 어울리는 지옥이라는 것만 더욱 확실하게 각인시켜줄 뿐이었다.

잘린 성모상 아랫부분에서는 여전히 붉은 피가 뚝뚝 흘러나왔다. 떨어진 살점들과는 다르게 아직 하얀 대리석의 재질을 유지하고 있었다.

그게 어떤 의미인지는 누구도 알지 못했다.

툭.

내 발밑으로 데굴데굴 미끄러지듯 굴러온 것을 내려다보았다. 흰자만 있는 새하얀 눈알이 빙그르르 나를 향했다. 그리고 한 번 깜빡였다.

"우리를 이 겨울에 영영 묻어버릴 거라고, 정말로 그럴 거라고……."

그 목소리는 내 것이 아니었다. 강인하게만 보이던 요한나의 얼굴에 그늘진 공포가 깃들었다. 그런 요한나의 팔을 유디트가 매달리듯 움켜쥐었다. 둘 다 어쩔 줄 모르는 얼굴로 멍하니 죽어가는 성모상을 바라볼 뿐이었다.

"우리는 이곳에 영영……."

요한나의 목소리는 불쾌할 정도로 끈적했다. 불길한 감정의 액체가 찰랑이며 이미 목까지 차오른 것 같았다. 점점 위로만 차올라서 결국엔 머리끝까지 집어삼키고 저 아래로 이모든 것을 밀어 넣어버릴 것만 같았다.

흰자밖에 없는 커다란 눈알이 웃었다. 죽은 눈알이 웃을 수 있을 리 없는데도 분명히 웃는다는 느낌이 들었다.

"……왜?"

왜 웃는 걸까. 도대체 무엇을 보고 웃는 걸까.

성모상의 눈알은 그러지 않고는 견딜 수 없다는 듯 웃었다. 앞으로 일어날 일들에 대한 증표로 웃음을 남겨야 한다는 것처럼.

이건 하나의 예언이었다.

나는 직감했다. 돌이킬 수 없는 일들이, 지금부터 일어날 거였다. 누구도 막을 수 없는 운명과도 같은 일이었다.

겨울에 영영 묻어버릴 일들.

훅!

차가운 바람이 내 뺨을 스쳤다. 고개를 들자 살짝 열린 창
문이 보였다. 분명 나무 덧문까지 단단히 덧대놓았는데, 그
런 필사적인 몸부림을 비웃듯 활짝 열린 2층 창문을 통해 눈
보라가 들이쳤다.

진득하게 고여 있는 피 웅덩이 위로 새하얀 눈이 내렸다.
눈은 아무렇게나 굴러다니는 그것의 몸뚱이 조각 위에도 내
려앉았다.

아무렇지도 않게.

"천사가 다녀간 거야."

옆에 있던 유디트도 그걸 보았는지 체념한 어조로 중얼거
렸다. 그 목소리 끝이 바르르 떨렸다.

"추수를 하기 위해서."

이어지는 요한나의 말.

나는 고개를 들어 큰 마리아를 바라보았다.

추수가 끝났다면 이제 걱정할 것도 없었다. 성모학원의 겨
울은 추수의 기간 때문에 혹독한 거였으니까. 천사가 다녀
갔다면 이제 더 이상 이들이 걱정할 만한 일은 없었다.

"그렇다면……"

"안 끝났어."

큰 마리아가 내 말을 끊어버렸다. 짙은 호박빛 눈동자가

나를 마주 보았다.

"안 끝났다고……?"

큰 마리아가 고개를 끄덕였다.

"추수는 본디 쭉정이를 거르는 것. 쭉정이를 거두면 올해의 알곡들만이 남게 되니까 추수의 기간이 끝나는 건데, 이번 겨울은 달라."

우리는 이곳의 겨울에 영영 묻힐지도 몰라. 요한나가 했던 말이 다시 떠올랐다.

큰 마리아의 시선이 반으로 잘린 성모상을 향했다. 더러워진 대리석에서 피가 흘러나오고 있었다. 있을 수 없는 광경을 모두가 똑똑히 지켜보는 중이었다.

"천사들이 일부러 우리가 아닌 다른 것을 공격했어."

큰 마리아의 말이 현관홀의 차가운 바닥으로 깨어지듯이 내려앉았다.

"추수의 기간은 끝나지 않았어."

이어진 말이 모두의 귀를 울렸다. 힉, 누군가 숨을 급하게 들이마셨다. 다른 누군가는 참지 못하고 토악질을 했고, 어느 구석에서는 우는 소리가 났다.

"끝나지 않았다니, 끝나지 않았다니……!"

누군가의 죽음을 확인하고 스스로의 구원을 찾기 위해 달려 내려온 아이들의 얼굴에 다시 짙은 절망감이 드리워졌다.

"어째서! 어째서 그런 거야!"

아이들 가운데서 불쑥 튀어나온 누군가가 큰 마리아의 팔을 붙잡았다. 어디선가 본 적이 있었다. 예배당에서, 모두가 얌전히 서 있는 복도에서, 기도를 올리는 사람들 사이에서 늘 다소곳이 눈을 내리깔고 있던 아이.

"마르다! 뭐 하는 거야!"

뒤에 있던 아이들이 그 팔을 붙들었다.

나는 그제야 알게 된 그 애의 이름을 속으로 되뇌었다. 마르다. 그래, '신실한' 마르다구나.

"왜 아무도 추수하지 않은 거야? 그것도 보란 듯이!"

아무도 추수하지 않은 천사.

마르다가 큰 마리아를 간절하게 보았다. 뭐라도 알려달라는 얼굴이었다.

"추수의 기간이 끝나지 않았다니! 어째서 천사가 그런 선택을 한 건데! 추수의 기간은 원래 우리 중 하나가 추수당하면 끝나는 건데 천사가…… 일부러 추수하지 않았다고? 대신 왔다 갔다는 흔적만 남기고서? 왜? 대체 어째서! 응? 큰 마리아, 너라면 말해줄 수 있지?"

마르다를 붙들고 있던 아이들이 당황스러운 표정을 감추지 못했다.

"마르다, 갑자기 왜 이러는 거야?"

"큰 마리아에게 이런 식으로 말하면 안 되잖아. 들어가자, 응?"

마르다를 붙든 아이들은 흘끔흘끔 큰 마리아의 눈치를 보았다. 겁을 집어먹었는지 입술을 떠는 아이도 있었다. 하지만 마르다는 멈추지 않았다.

"봐, 바닥에 눈이 흩뿌려져 있어! 다들 알고 있잖아! 이건 분명 천사의 흔적이라고! 원래라면 지금 추수의 기간이 끝났어야 해! 그런데, 어째서! 우리들 중 아무도 추수당하지 않고 또 이렇게 하루를 보내야 하는 건데? 우리를 도대체 어떻게 하고 싶다는 거야!"

"마르다……."

"놔둬."

말리려던 아이들을 둘러보며 큰 마리아가 괜찮다는 듯 손짓했다. 아이들이 어쩔 줄 몰라 하며 뒤로 물러섰다.

큰 마리아가 발작하듯 소리치던 마르다를 향해 다가섰다. 큰 마리아의 서늘한 얼굴이 마르다의 코앞까지 가까워졌고, 숨결이 닿자 마르다 역시 저도 모르게 입을 다물었다.

얼려버릴 듯한 한기가 주위로 퍼져나갔다.

바닥에 고인 피 웅덩이, 반으로 잘린 성모상, 여기저기 떨어진 살덩이와 조각들.

우리는 지옥의 한가운데 서서 천사와 기적에 대해 말하고 있었다. 나는 홀린 듯이 이 장면을 바라보았다.

이게 내가 보고 싶어 했던 것들이야?

순간 머릿속을 메운 그 질문의 끝에는 미묘한 물음표가 달려 있었다. 정말로 이걸 보기를 원했냐는 듯. 이게 바란 게 맞냐는 듯.

'내가, 이런 걸 보길 원했다고?'

되물을 수밖에 없었다. 그러나 그 질문에 대답해줄 존재는 아무도 없었고, 눈을 깜박이면 나 역시 질문에서 빠져나와 다시 차가운 한기로 가득한 현실로 돌아오는 게 고작이었다.

큰 마리아가 마르다를 향해 천천히 입을 열었다.

"……두려워하라."

불협화음으로 울리는 목소리.

팔에 소름이 돋았다. 아마 이곳에 있는 다른 아이들 모두 마찬가지였으리라.

"그동안은 늘 두려워하지 말라고 말했지."

두려워하지 말라. 천사들이 아이들 앞에 나타날 때 하는 첫마디였다. 천사들은 생김새가 사람과 같지 않아 성스러운 말을 전하기 전에 늘 두려워하지 말라고 먼저 이르곤 했다.

"그러나 지금은 반대가 되었지. 두려움을 잊은 자들아, 두려워하라. 그리하여 너희 죄를 생각하고 속죄하라."

큰 마리아의 말에 마르다의 얼굴이 굳었다.

"우리한테 죄가 있다는 거야? 우리가 이곳에서 얼마나 오랜 시간 동안 견디고 있었는지, 신실하게 생활했는지 가장 잘 알아야 할 분이 바로 성모님이셔. 그런데 왜?"

마르다의 얼굴엔 믿을 수 없다는 감정이 여실히 드러나 있었다.

"저기 있잖아."

마르다의 고개가 슬로우 모션처럼 천천히 돌아갔다. 그리고 그 다갈색 눈과 마주친 건…….

"저기 있잖아! 추수해야 할 사람이 저기 있잖아! 그런데 왜!"

마르다의 시선을 따라 그 뒤에 서 있던 아이들의 고개가 일제히 나를 향했다.

하나도 빠짐없이 소실점으로 다가드는 얼굴들.

그 새하얀 얼굴들은 살아있는 것 같지 않았다. 지금 현관 홀을 메운 피 냄새가 그들의 것인 것처럼. 저 석상의 몸에서 빠져나온 새빨간 피들이, 아래 저렇게 고여서, 이 학원을 스스로를 가두는 지옥으로 만들고 있는…….

새하얀 얼굴들이 중얼거렸다. 영혼의 반은 다른 어딘가에 내던져두고서.

맞아, 맞아, 맞아.

쟤가 있었잖아, 갑자기 끼어든 이상한 애가.

아무것도 준비하지 않고 추수의 기간을 맞았으니 가장 신실하지 않은 자 아냐?

저런 애를 두고서.

천사가 추수를 하지 않고.

그들 마음속 속삭임이 그대로 들리는 것만 같았다. 다들 내가 왜 지금 여기에 있는지 모르겠다는 얼굴, 아니, 이제야 비로소 알았다는 얼굴로 나를 보고 있었다.

"있잖아. 추수당할 만한 사람이 있잖아."

마르다의 중얼거리는 소리가 정적 속에서 퍼져나갔다. 그 주문과도 같은 말에 일제히 감염된 그들은 당장이라도 무언가를 행동에 옮길 것처럼 아슬아슬해 보였다.

흩뿌려진 눈의 자국, 천사들의 흔적 그리고 두려워하라.

끼득끼득끼득끼득

어디선가 이상한 소리가 났다. 내 귀에만 들리는 게 아니었는지 다른 아이들도 놀라 고개를 돌렸다.

"저기……."

유디트가 떨리는 손으로 소리 나는 곳을 가리켰다.

그건 손가락이었다.

새하얀 손가락이 매끄러운 바닥을 까득까득 긁어대는 소리. 바닥을 벅벅 긁으면서 우리를 비웃는 듯한 소리.

성모상에서 잘려 나온 일부였다. 잘린 손가락이 바닥을 톡톡 두드려댔다.

쭉정이들은불에타고불에타고불에타고

고막을 뚫을 듯이 커다란 목소리에 아이들이 손으로 귀를 틀어막았다. 하지만 그렇다고 해서 그 목소리가 들리지 않을 리는 없었다.

"이게 대체 다 무슨 일입니까!"

뒤늦게 온 원장수녀가 날카로운 목소리로 소리쳤다.

호통처럼 들렸지만 분명 물음이었다. 하지만 그 질문에 대답해줄 만한 사람은 이곳에 하나도 없었다.

헐레벌떡 원장수녀 뒤를 따라 들어온 다른 수녀들의 얼굴이 금세 새하얗게 질렸다. 입이 딱 벌어진 채 벌벌 떨리는 손. 그들 역시 자신들이 무엇을 보고 있는 건지 알지 못하는 얼굴들이었다.

"모두 나가!"

원장수녀가 급기야 소리 질렀다.

빽 소리에 겨우 정신을 차린 다른 수녀들이 아이들을 현관홀에서 몰아냈다. 피 웅덩이를 밟은 누군가의 발아래 질질 핏자국이 남았다.

***

베로니카의 크고 둥근 눈이 연신 끔벅였다.

아직도 피 냄새가 가시지 않았는지 코가 저릿했다. 베로니카가 강박적으로 씻은 자신의 하얀 손을 내려다보았다. 더

없이 깨끗한 손이었지만 아직도 피가 진득하게 묻어 있는 것만 같았다. 수녀복 자락에 다시 손을 문질렀다. 그런다고 해서 피 냄새가 사라지지는 않았다.

깊게 숨을 내쉬며 입을 오물거렸다.

지금껏 한 번도 이런 겨울은 없었다. 물론 추수의 기간 그리고 천사에 대한 이야기들은 다른 수녀들에게 귀에 못이 박히게 들어왔지만.

"이런 건……."

정말이지 상상도 하지 못했다.

베로니카가 보낸 다른 겨울들. 물론 그 역시 춥고 척박했지만 이런 희한한 광경을 목격한 적은 없었다.

'베로니카 수녀는 참으로 복도 많지. 진짜 겨울을 한 번도 견뎌본 적이 없잖아.'

그렇게 말하던 수녀들의 말이 귓가를 어지럽혔다. 그 의미를 지금은 알 것 같았다. 다시 한번 숨을 깊게 내쉰 베로니카가 원장수녀의 집무실 문을 노크하고 열었다.

"원장수녀님."

베로니카가 걱정을 담은 어조로 원장수녀를 불렀다.

원장수녀의 회색 눈동자가 창문 밖을 내다보았다. 원장수녀의 방은 창문이 덧문으로 가려지지 않은 곳이었다. 창문 밖으로 눈이 소리도 없이 계속 내리는 게 보였다.

"성모상은 다 치웠습니까?"

원장수녀의 사무적인 물음에 베로니카가 고개를 끄덕였다.

"네, 아직 바닥 청소까지는 못 했지만……."

원장수녀가 베로니카를 빤히 노려보았다.

"지금 그걸 말이라고 하는 겁니까? 항상 경건함을 유지해야 할 학원 안에서 그런 불경스러운 흔적을 아직 처리하지 못했다니요!"

"죄, 죄송합니다."

베로니카가 얼른 고개를 숙였다.

"성모상의…… 흔적이 너무 커서 수녀들끼리만 하다 보니 닦아내는 데 꽤 시간이 걸릴 것 같습니다."

현관홀 청소는 학원생들이 하는 게 상례였지만 이번엔 그러지 못했다. 학원생들의 감정적 동요를 감안해 수녀들만 조를 짜서 청소에 나선 것이다. 심리적으로 너무 위축되거나 과잉되면 자칫 이번 겨울을 제대로 넘기지 못하는 학원생이 여럿 나올지도 몰랐다. 청소가 이루어지는 동안 현관홀에는 학원생들이 얼씬도 못 하게 했다.

사정을 얘기하는 베로니카의 얼굴은 창백하게 질렸다. 바닥을 굴러다니던 그것들을 떠올리기만 해도 속이 거북해졌다. 성모상에서 흘러나온 피비린내가 온몸에 진득하게 달라붙은 기분이었다.

베로니카는 돌이켰다. 그것들을 태우던 방금 전의 시간을. 사람의 것이라 할 수 없는 거대한 살덩이, 장기들, 거죽들을.

바닥을 뒹구는 그것들을 삽으로 퍼다 뒤편에 있는 커다란 소각장에 넣고 태웠다. 피에 축축하게 젖은 것들은 잘 타지도 않았다. 마른 장작을 꽤 많이 집어넣고 나서야 겨우 타올랐다. 겨울을 보내기 위해 아껴가며 모았던 장작들이 속절없이 타들어갔다.

기름과 피에 젖은 살점이 타는 냄새가 학원을 에워싸고 돌다가 이내 숲속까지 퍼졌다. 검은 숲 어딘가에서 우우, 짐승의 울부짖는 소리들이 들렸다.

냄새를 실은 바람이 숲 멀리까지 밀려가자 웅크려 있던 짐승들이 혀를 내놓고 뛰어다녔다. 숲 전체가 스스로 움직이는 것처럼. 냄새를 맡은 숲이 학원을 덮칠 듯이 긴 그림자를 드리웠다.

베로니카는 반쯤 탄 살덩이들을 옆에 둔 채 그늘진 숲을 보았다.

그 안 어딘가에서 이쪽을 보고 있을 천사들을 떠올리며.

성모상은 자신이 이곳에 처음 왔을 때도 그 자리에 있었다. 그보다도 더 오래, 이 성모학원이 생겨나기도 전부터 거기 서 있었다.

죄지은 자들까지 자애롭게 감싸는 성모.

그런 성모상이 땅에서 발견된 건 계시라고 여길 만했다. 그렇기에 성모학원 사람들은 이곳이 은혜를 입고 세워졌다고 믿고 성모의 자애를 실천하기 위해 갈 곳 없는 아이들을 받아 지금까지 돌봐왔을 것이다.

'여기선 갈 곳이 없으니까. 빠져나갈 곳도 도망칠 곳도 없지.'

언젠가 유안 수녀가 지나가며 했던 말이 떠올랐다. 그때는 아무 생각 없이 넘긴 말인데 이상하게 그 말이 생생하게 기억났다.

갈 곳이 없는, 빠져나갈 곳이 없는.

'도망칠 곳도 없는……'

그 생각을 하자 이상하게 손끝이 떨려왔다. 독 안에 든 쥐. 어디로도 나갈 수 없도록 갇혀버린 형국.

이제 무언가 일어나고 있었다. 성모상의 이변은 그 시작이었다.

성모상은 그저 차가운 돌덩이가 아니었다. 그것은 엄연한 현신이었다. 그런데 나약한 육신으로 변해 잘리고 말았다. 끝까지 버티고 서 있을 것부터 차례대로, 이렇게, 생각지도 못한 방식으로 없애겠다는 강력한 의지가 엿보였다.

"수녀들끼리 힘들 것 같으면 신심 동아리 아이들을 차출해서라도 빨리 청소를 마치세요. 그게 우리가 해야 할 일이라는 걸 모르겠습니까?"

나무라는 원장수녀의 목소리가 상념에 잠긴 베로니카를 깨웠다. 베로니카는 얼른 고개를 숙였다.

"추수의 기간이 길어질수록 우리에게는 좋습니다."

원장수녀가 중얼거렸다.

"이곳 성모학원에 신실함이 없는 자는 필요하지 않습니다. 우리에게 필요한 것은 그저 보석보다 더 단단한 믿음, 그 뿐입니다."

수인 머리 위로 떨어지는 원장수녀의 말을 들으며 베로니카는 또다시 생각했다. 도대체 무엇을 믿어야 할지 알 수 없다고. 천사들의 낯은 그들이 믿고 따라야 할 성모상마저 저렇게 만들고 말았다. 그런데 여기에 과연 아직 믿음이 남아 있는 것일까?

'어쩌면……'

어떤 생각의 꼬리를 막 잡아챈 베로니카의 머리 위로 원장수녀의 목소리가 쾅, 하고 떨어졌다.

"베로니카!"

"네, 네!"

베로니카가 얼른 고개를 들어 올렸다. 원장수녀의 회색 눈동자가 속을 꿰뚫듯 베로니카를 쏘아보았다.

"다른 허튼 생각은 하지 않는 게 좋아. 어차피 여기서 나갈 수 없는 건 우리 역시 마찬가지니까."

다 알면서 왜 그러느냐는 얼굴이었다.

순간 베로니카는 아득함을 느꼈다. 결국 무슨 짓을 하더라도 여기서 빠져나갈 순 없다. 하지만 이곳에는 그걸 알면서도 계속해서 희망을 갖게 하는 무언가가 있었다.

어쩌면 나만은 밖에서 가둔 성채 안에서 빠져나갈 수 있지 않을까? 어쩌면 정말로 구원이라는 게 있지 않을까…….

학원이라는 환경도 그랬다. 참고 버티면 졸업이라는 끝이 있다는 환상을 심어주기에 딱 좋은 공간이었다. 하지만 그다음에도 결국 똑같다. 우리는 이곳에서 나갈 수 없다. 봄이 온다고 해도 그 뒤를 따라 다시 겨울이 오기 마련이었다.

종착지 없는 무한 질주의 열차에 올라탄 채 그저 여기서 뛰어내리면 죽지 않고 살아남을 수 있을지 그 속도만을 가늠하고 있는 기분이었다.

"나머지 흔적들을 서둘러 모조리 치워버리세요. 그래야 오늘도 성심기도를 드릴 게 아닙니까."

이런 사태는 대수로운 게 아니라는 듯 지극히 사무적인 목소리. 다 수없이 반복된 일들이니 개의치 않는다는 투였다. 종착지가 있으나 없으나 아무것도 중요하지 않으며, 이제 뭐가 중요하고 뭐가 그렇지 않은지도 생각하고 싶지 않다는 얼굴이었다.

"……이번 추수의 기간은 뭔가 이상합니다."

베로니카가 겨우 그 말을 꺼냈다. 원장수녀가 인상을 찌푸렸다.

"그럼 언제는 이상하지 않은 적이 있던가요? 베로니카 수녀."

"네……."

"생각하려 하지 마세요. 우리에게 필요한 건 이성적인 사고가 아닙니다. 믿음에 그런 것이 필요하던가요? 왜 앞뒤를 재고 따지십니까?"

"하지만……."

"베로니카, 우리에게 가장 중요한 규율이 무엇이었지요?"

"입을 다물라, 듣지 말라, 생각하지 말라."

"지금 베로니카 수녀는 그 규율을 지키지 않고 있습니다. 아이들을 믿음과 사랑으로 이끌어가야 할 수녀부터 이러고 있으니 천사께서도 화가 나신 게 아닙니까?"

원장수녀의 목소리는 흔들림이 없었다.

"이상하다고 했지요? 그렇다면 베로니카 수녀에게도 이상한 일이 일어날 수 있음을 유념해야 하는 게 아닙니까? 지금까지야 천사들이 아이들만을 추수했지만…… 베로니카 수녀가 말한 것처럼 이번 겨울은 다르니까 말입니다."

베로니카의 눈이 화들짝 커졌다.

"이만하면 알아듣게 말한 것 같군요. 그러니 어서 가서 바닥 청소를 마치세요."

베로니카가 뭐에 홀린 듯 자리에서 일어났다. 걸음을 내딛다 비틀거리기까지 했다.

방에서 나가는 베로니카의 뒷모습을 원장수녀가 가만히 쳐다보았다.

"무엇이든 결국 다 성모님의 뜻인 것을."

***

"마리아."

큰 마리아가 돌아보았다. 벌써 복도는 어두컴컴했다. 아네스의 얼굴엔 촛불의 일렁거리는 그림자가 가득했다. 혹은 다른 숨겨진 감정이 이때를 틈타 살금살금 기어 나오는 건지도 몰랐다.

"어째서 그런 짓을 한 거야?"

아네스가 천천히 큰 마리아에게 다가왔다. 큰 마리아는 이번에도 전처럼 어떤 동요의 기색도 보이지 않았다.

"어제…… 작은 마리아를 그렸지? 다 알고서 그린 거잖아. 왜 굳이 어제였어야 하는지 화실에서 뛰쳐나와 계속 생각해 봤어. 그리고 오늘 성모상을 보고 나서 확신했지."

큰 마리아는 아네스가 무슨 말을 하려는지 아는 것 같았지만 입을 열지 않았다.

"어제가 아니었다면 작은 마리아가 추수당했을 테니까. 맞지?"

아네스의 추궁에 큰 마리아가 입술 끝을 올려가며 한번 웃었다.

"그럴 거라고 생각해?"

"마르다가 했던 말, 못 들었어? 추수당할 사람이 버젓이 있는데 왜 그냥 넘어갔는지 다들 궁금해했잖아."

"신실한 마르다……."

"맞아. 가장 신실한 마르다마저 그런 소리를 했어. 천사들이 어째서 우리 중 누군가가 아니라 성모상을 내리쳤을까. 넌 우리한테 두려워하라고 했지. 하지만 왜? 우리의 두려움이 무슨 소용이 있어?"

"자신의 잘못을 아는 자는 곧 자신이 받을 벌에 대한 두려움을 가지는 법이지. 아무것도 모르는 자만이 뻔뻔하게 얼굴을 들고 다닐 수 있는 거고."

흔들리는 촛불 아래서 아네스의 눈동자가 순간적으로 검게 변했다가 다시 돌아왔다.

"그래서 다 알고 어제 작은 마리아를 그려준 거지? 작은 마리아가 추수당하지 않도록. 그게 아니었다면 이미 추수당했어야 하잖아."

"아니라고 하면 믿을 거야?"

큰 마리아의 빈정거리는 말투에 아네스가 예쁘게 웃었다. 그러곤 큰 마리아의 머리칼을 슬쩍 손으로 만졌다.

"네가 언제 믿음을 줬어야 말이지. 그동안 내가 너에게 어떻게 했는지 다 알면서도 넌 아무것도 하지 않았잖아."

"넌 아직 준비되지 않았다고 몇 번이나 말했을 텐데."

"……대체 내가 언제까지 준비만 하고 있어야 하는 건데? 내가 그동안 너에게 못 해준 게 있었어? 어째서 나에게만 이렇게 차갑게 구는 거야? 너는 아무것도 모르면서."

어디선가 바람이 훅 불어와 촛불이 흔들린 것처럼 아녜스의 얼굴이 미묘하게 일그러졌다.

그 얼굴을 보면서 큰 마리아는 생각했다. 이곳은 도처에 함정이 널린 곳이라고. 누구든 조금이라도 발을 잘못 디디면 저 아래로 암흑으로 떨어져버릴 거라고.

"난 너희와 다르지. 너도 알고 있듯이."

큰 마리아의 힘이 실린 말에 아녜스의 표정이 갑작스레 변했다. 그동안 보여주었던 천사 같은 얼굴이 가면이었다고 고백하듯 증오 어린 표정이 툭 튀어나오고 말았다.

"새삼스럽게 그걸 말하는 거야?"

"나를 여기에 부른 건 너희들이 아니라는 얘기를 하려는 거야."

아녜스의 눈썹이 살짝 찌푸려졌다.

"내가 여기까지 와서 이렇게 성심에 찬 그림을 그리는 것은…… 다른 이유 때문이야."

큰 마리아가 눈을 감았다. 다시 한번 그때의 감각이 온몸을 사로잡았다.

'……승복.'

이곳에선 한 번도 불린 적 없던 그 이름을 부르는 목소리.

너는 이곳에 와야 해, 이곳에서 손끝으로 구원을 그려내야 해, 비록 이곳이 지옥이라고 해도 넌 그래야만 해 그 목소리와 이야기는 큰 마리아의 마음에 계속 머물렀다. 계속해서 내리는 비나 마찬가지였다. 그런 식으로 마른땅은 습지가 되고 늪이 되고 결국 호수가 되고 바다로 나아갔다.

더 이상 참을 수 없겠다고 확신했을 때, 매일 꿈에서 본 이 숲을 찾아 나섰다.

환상이라고 생각했던 어둠에 사로잡힌 숲과 언제 세워졌는지도 모르는 고색창연한 건물 그리고 이 안에서 살아가는 저것들을 보았을 때 승복은, 그러니까 큰 마리아는 자신 역시 이곳에서 벗어나지 못하리라는 것을 직감했다. 결국 여기까지 와버렸으니 자신을 이곳까지 불러낸 그 존재가 허락하기 전까지는…….

성모학원에 발을 들이고 나서도 얼마나 많은 시행착오를 겪었는지 모른다. 그렇게 겨우 올해의 겨울을 만들어냈다.

"씨앗이 꽃을 피우는 것도 보지 못한 채 죽을 수는 없잖아."

큰 마리아가 혼잣말처럼 중얼거렸다.

"뭐? 누가 너를 불렀다고?"

아녜스가 듣지 못했는지 앞선 말에 대해 되물었다. 하지만 큰 마리아는 굳이 대답해줄 생각이 없었다. 그래서 다른 걸 물었다.

"넌 다른 아이가 추수당하길 원하는 거야? 그러면 이번 추수의 기간도 끝날 것 같아서?"

"추수의 기간에 대해 더 많이 알고 있는 건 나야."

아녜스의 단정적인 대답에 큰 마리아가 희미하게 미소를 지었다.

"정말 그럴까?"

아녜스가 뭔가를 더 말하려고 입을 여는데, 저녁 기도 시간을 알리는 종소리가 울렸다. 큰 마리아가 어깨를 으쓱였다.

"정말 지겹지도 않나 봐. 물론 너희들이 기도 말고 다른 걸 할 수 있을 리도 없지만."

큰 마리아가 그 말을 남긴 채, 아녜스의 왼팔을 살며시 스치고 지나쳐 갔다.

아녜스의 어깨가 가볍게 떨렸다. 뒤를 돌았지만 거기엔 이미 어둠뿐이었다. 아녜스가 어둠 속을 노려보았다.

"네 말이 맞아, 마리아. 아직 추수의 기간은 끝나지 않았어."

아녜스가 어둠 속 미지의 존재와 눈을 마주친 듯 형형한 눈빛으로 속삭였다.

* * *

부우우웅.

예배당 2층에서 오르간 소리가 들렸다.

성가대원들은 이미 흰옷을 깔끔하게 차려입고 정렬해 있

었다. 오늘 아침 그런 끔찍한 일이 벌어졌다곤 도무지 믿어지지 않을 만큼 평상시와 다름없이 정돈된 모습이었다. 나는 그 광경을 보며 이렇게 태연한 연기를 도대체 누구에게 보여주기 위해 하는 걸까, 그런 생각이 들었다.

학원 안팎으로 내내 피와 살이 타는 냄새가 났다. 견딜 수 없었다. 하지만 참는 것 말고는 다른 뾰족한 수도 없었다. 그나마 큰 마리아한테 향이 나는 잎사귀를 넣어둔 자그마한 주머니 하나를 받은 게 도움이 되었다. 그마저도 다른 아이들 눈에 들키면 안 될 것 같아 몰래 품에 넣어둘 수밖에 없었다.

"다들 자리에 앉으세요."

원장수녀의 지시에 맞춰 일제히 착석하는 소리가 들렸다. 소리는 질서정연했다.

여전히 아무렇지도 않다는 표정들이 어쩐지 연극적이었다. 정말 그럴 수 있는 건가? 도대체 이 안에서 이런 일들은 얼마나 자주 일어났던 걸까? 초유의 사태가 아니라 웬만큼 겪었던 일이라서 저렇게 역겨운 걸 목격하고도, 난무하는 피비린내에도 이렇게 태연할 수 있는 건지도 몰랐다.

"지금은 추수의 기간입니다. 여러분이 품어온 믿음의 깊이에 따라 모든 것이 결정되는 시기라는 것을 누구보다 잘 알고 있으리라 생각합니다. 그렇기에 오늘 성모님께서는 우리에게 기적을 보여주셨습니다."

기적…….

"살아있지 않은 것을 피와 살로 바꾸어 우리에게 기적을 보여주신 것입니다. 성모님께서는 충분히 그럴 능력이 있으시니까요."

원장수녀의 목소리와 얼굴에는 강철처럼 견고한 믿음이 깃들어 있었다.

"'믿음이 없는 자들은 그렇게 고꾸라지고 말리라……'라는 말이 있듯이 우리 역시 그렇습니다. 이 모든 것을 믿지 않으면 우리는 고꾸라질 것입니다."

열렬하게 번쩍이는 눈동자, 벼락같은 음성.

그래, 이건 맹목적인 믿음이 없으면 할 수 없는 말이었다. 그 열띤 목소리에 다른 아이들도 감화되고 있는 모양이었다.

"아멘!"

"아멘!"

아이들이 외치듯이 커다랗게 따라 했다. 기도 한 번이면 모든 걱정이 씻겨 내려갈 거라 믿는 것처럼, 아무 일도 없었다는 것처럼. 참새처럼 입을 쩍쩍 벌리며 기도문을 외웠다.

"쭉정이들은 추수당해 불에 태워지고 신실한 알곡은……."

뒤늦게나마 낮게 기도문을 따라 외우려는데, 익숙하지만 동시에 낯선 것이 눈에 들어왔다. 눈을 꼭 감은 채 기도를 올리는 아이들 사이로 하얗게 떨어지는 그것은, 눈송이.

눈송이……?

나무로 된 덧문은 벽처럼 단단하게 닫혀 있었다. 열려 있지도 않은 창문을 통해 눈송이가 떨어질 리 없었다. 착각인가 싶어 다시 한번 부릅뜨고 봤지만 한 아이의 앞에 천천히 떨어지는 저건 분명 눈송이가 맞았다.

동그라미를 그려나가듯 내리는 눈 무리. 딱 그 자리에만 눈이 천천히 나풀거리며 내렸다.

뭔가 표식을 남기는 걸까. 그래, 책에도 적혀 있지 않은가. 표식을 가진 자들은 둘 중 하나였다. 모두가 죽임을 당하는데 홀로 피해 살아남거나 혹은 혼자만 죽거나.

기름을 먹인 바닥에 고요히 쌓이는 하얀 자국. 모두가 눈을 감고 있어 보지 못하는 그 자국.

내 눈에만 보이는 것인지도 몰랐다. 다른 것의 눈에 비친 것을 내가 느끼고 있는 것뿐인지도 몰랐다.

눈송이가 흔들거렸다.

나무 바닥으로, 무릎을 꿇은 채 팔꿈치를 대고 있는 낮은 책상 위로 그리고 조금 더 스멀스멀 올라가 그 애가 입고 있는 낡은 스웨터의 어깨 위로, 마침내 마지막으로 그 애의 머리 위로.

아래서부터 쌓이는 환각 같은 눈.

눈은 곧 겨울이고, 겨울은 곧 추수다. 나는 무릎을 꿇은 채 멍하니 앉아서 그 애의 머리 위에 표식이 쌓이는 것을 바라보았다.

꼭 감은 눈꺼풀, 믿음에 가득 찬 얼굴, 신실한……

'신실한 마르다.'

나는 꿋꿋이 마르다의 머리 위에 쌓이는 눈을 보았다. 바닥에 고여 있던 피 웅덩이, 그 위에 내려앉던 눈.

"아멘."

마지막으로 기도를 올리는 소리가 끝났다. 다들 자리에서 일어나는 바람에 마르다의 모습이 가려져 보이지 않았다.

"저기……"

벽처럼 여러 겹으로 가린 아이들을 헤치고 다가가려 했지만 마르다가 보이지 않았다. 보이지 않은 게 아니라, 볼 수 없었다.

뭐지?

이상한 위화감이 들었다. 여기서 이렇게 사라진다고? 왜? 어째서…….

나는 예배당에서 나가려고 이쪽으로 몰려드는 학원생들과 반대로 움직였다. 머리에 눈송이를 얹은 채 열심히 기도하고 있던 마르다를 찾아야 했다.

"잠깐, 잠깐만!"

사람들 사이를 가로질러 그 자리에 다다랐다.

"……"

그 자리엔 몇 송이의 눈만 희미한 흔적으로 남아 있었다. 그게 전부였다.

그때 누군가가 나를 강하게 뒤로 잡아당겼다.

콱.

눈에 띄지도 않았을 것이다. 물 흐르듯 자연스러운 움직임이었으니까. 이미 몇 번이고 그런 짓을 해본 것처럼.

한쪽으로 움직이는 아이들 틈에서 나는 볼품없이 넘어졌다. 멀리서 보면 그저 가벼운 손짓에 불과했을 것이다. 그러나 넘어진 나를 뒤에 있던 다른 학원생들이 아무렇지도 않게 밟고 지나가자 나는 이 모든 게 다 계획된 수작이라는 걸 알아챘다.

넘어진 내 위로 짙은 감색 치맛자락이 휘날렸다. 그러는 사이 누군가가 내 팔을 잡아끌었다. 학원생들이 향하는 식당과는 정반대 방향으로.

한참을 끌려가다 보니 다른 학원생들이 더 이상 보이지 않았다. 그제야 내 팔과 다리를 잡은 이들이 시선에 꽂혔다.

이건 팽팽하게 잡아당긴 줄 위에서 쏘아진 화살이었다. 몇 개의 눈동자. 한 아이가 품 안에 숨겼던 등불을 들어 올렸다. 그러자 일렁이는 등불 아래 얼굴들이 떠올랐다.

그중에서 가장 위협적으로 일렁이는 얼굴은, 단연 아녜스였다.

어둠 속에서 성모의 말씀을 전하기 위해 나타난 천사의 얼굴. 내가 너에게 진리의 말씀을 전하리라, 그러나 인간이 받기에는 참으로 무거운 말이로다.

"데려가."

가장 앞에 선 아네스가 명령조로 말했다.

"뭘 하려는 거야? 내가 어제 큰 마리아의 화실에 있던 것 때문에 그래?"

내 목소리는 안간힘을 주어도 떨려서 나왔고, 아네스는 기가 막힌다는 듯 웃었다.

"뭐가 잘못된 건지 알기는 해?"

"그건 내가 그러고 싶어서 그런 게 아니잖……."

더 뭐라 할 새도 없이 내 입이 틀어막혔다. 냄새나는 천 조각 뭉치가 입안을 가득 채웠다. 눈마저 가려지고 손발이 묶였다. 그 상태로 여러 명에게 둘러싸여 들려 옮겨졌다. 문이 열리고 다시 닫히고. 발소리가 들리고…….

어딘가에 도착한 뒤 무엇인지 모를 차갑고 딱딱한 것 위에 눕혀졌다. 어떻게든 몸을 움직이려 해도 얼마나 꽁꽁 묶였는지 꿈틀거리는 게 고작이었다.

"풀어."

아네스의 지시가 떨어지자 눈을 가리고 있던 안대가 벗겨졌다. 눕혀진 내 위로 둥그렇게 아이들의 얼굴이 보였다.

나를 둘러싸고 내려다보는 아이들은 아네스와 함께 다니던 무리였다. 아네스의 수족처럼 움직이던 아이들.

"멍청한 것."

그중 한 아이가 빈정거리는 투로 말했다.

"네가 다 망쳤어."

뭐라고 항변하고 싶었지만 입에 물린 재갈 때문에 비명조차 낼 수 없었다.

"그동안 아녜스가 얼마나 노력했는데. 갑자기 들어온 너 때문에……"

한마디씩 쏟아내는 그 애들의 얼굴은 정말로 분해 보였다. 아녜스의 일을 자기 자신의 일처럼 여기는 것 같았다.

"너 때문에 모든 게 어긋났어. 너만 없었어도!"

너만 없었어도!

그 말이 메아리처럼 이어서 들렸다. 아녜스가 살풋 미소를 지었다.

"있지, 작은 마리아. 나도 이렇게까진 하고 싶지 않았어. 하지만 주님께서 내게 주신 잔이라면……."

아녜스가 바닥에 눕혀진 나에게 천천히 허리를 굽힌 다음 고개를 슬며시 숙였다. 그림자가 진 아녜스의 아름다운 얼굴이 내 시야를 가득 채웠다.

"그 잔에 뭐가 있어도 마셔야 하는 거잖아. 이건 주님과 성모님께서 내게 주신 시련인 거지."

아녜스 옆에 바짝 붙어 동조하는 아이들이 그 말에 눈물을 글썽였다.

"우리 아녜스, 하필이면 이런 시련을 겪게 되다니. 우리 다 같이 기도하자."

그들은 나를 빙 둘러싸고 기도를 시작했다. 믿음이 넘치는 신실한 얼굴로.

"하늘에 계신 우리 성모님, 우리의 죄를 사하여 주시옵고……."

중얼중얼 울리는 기도 소리가 마치 주문처럼 들렸다. 눈을 꼭 감고 함께 기도를 올리는 아녜스의 얼굴은 이 순간조차 잘 다듬어놓은 대리석 조각상 같았다.

기도를 마치고서 아녜스가 고갯짓을 했다. 그러자 옆에 있던 다른 아이가 응급상자를 들고 왔다.

달칵 열리는 상자, 아녜스의 하얀 손에 들린 그것은 작고 매끄러운 칼.

"이게 제일 작고 예쁘더라고. 난 예쁜 게 아니면 안 쓰니까."

날카로운 칼날에 등불의 빛이 반짝거리며 감돌았다. 양호실의 벽 위에 부조로 걸려 있는 마리아상이 인자한 얼굴로 아래를 내려다보았다.

이 모든 일이 제 눈 아래서 벌어지기에 흡족하다는 듯.

안 된다고 외치고 싶었지만 소리는 몸 바깥으로 흘러나오지 않았다. 비명은 꽉 틀어 막혀 오히려 안으로 스며 심장을 움켜쥐었다.

아녜스가 칼을 쥔 손을 휙 움직였다. 능숙하고 익숙한 동작이었다. 그리고 이쪽을 내려다보았다. 분명 내 눈빛을 읽었을 것이다. 그러나 아네스는 움직임을 멈추지 않았다. 칼을 잡은 아네스가 낮은 목소리로 속삭였다.

"……너는 이삭 대신 죽은 어린 양처럼 가만히 있으라."

아네스의 말을 옆에 있던 다른 아이가 받았다.

"네가 흘린 피가 너를 구원하리라."

그 말과 함께 아네스가 작은 칼을 다잡았다. 이제 본격적으로 무언가를 행동에 옮길 것만 같았다. 본능적으로 몸을 뒤틀었다. 사지가 단단히 묶인 몸은 꿈쩍도 하지 않았다. 창백하게 질렀을 내 얼굴을 보곤 아네스가 속을 들여다본 것처럼 말했다.

"그러니 눈에 띄질 말았어야지. 나도 어쩔 수가 없잖아."

잘 벼려진 칼끝이 내 피부 위를 스쳤다. 징징 울어대는 예리한 칼끝.

"네가 내 자리를 빼앗았잖아. 그럼 벌을 받아야지. 나라고 이런 걸 하고 싶겠어?"

그 말에 나는 아네스가 그림을 보았다는 걸 깨달았다. 내 얼굴을 그린 큰 마리아의 그림을. 나와 아네스의 시선이 맞부딪쳤다.

"그러니, 이건 그 대가야."

아네스가 작은 칼을 내 눈앞에 가져다 댔다. 번쩍이는 칼, 머지않아 내 피부로 파고들 그 칼의 날.

믿음을 담은 움직임이었다. 자신이 지금 행하는 일들이 진짜로 올바르다고 믿는 굳건한 움직임이었다.

"여기서 신성하게 죽는 게 오히려 좋을 거야."

아녜스가 차갑게 속삭였다.

"추수를 당하면, 너도 알잖아. 영원한 지옥불 속에서 평온한 죽음도 없이 계속 불탈 뿐이니까. 그러니 내가 내 손에 피를 묻혀서라도 너를 끝내주려는 거야. 성모님께서도 아마 나의 선택을 이해하실 테고."

옆에 있던 아이들이 전부 고개를 끄덕였다.

"아멘, 아멘, 아멘."

이어지는 다른 이들의 기도 소리가 돌림노래처럼 들렸다. 아녜스가 눈부시게 웃었다.

"그러니까 얌전히 죽어줘. 그게 네가 할 수 있는 가장 좋은 선택이야."

칼을 쥔 아녜스의 손이 공중으로 힘껏 들어 올려졌다. 곧 아래로 떨어질 것이었다.

지금이었다.

아녜스의 손이 내려오기 전에 입으로 연신 씹어 미끄덩해진 천 뭉치를 내뱉었다. 입에서 튀어 나간 천 뭉치가 아녜스의 눈을 때렸다. 돌발적인 상황에 아녜스가 흐트러졌다.

으드득!

칼을 쥔 채 잠시 허공에 떠 있던 아녜스의 손을 있는 힘껏 물어뜯었다.

부드러운 피부의 감촉, 그 아래서 펄떡이는 맥박, 잇새에서 느껴지는 향기로운 피의 냄새.

"아악!"

새된 비명 소리가 귀를 때렸다.

"아네스!"

허리를 뒤로 꺾으며 비명을 질러대는 아네스를 보고 아이들도 덩달아 놀라 소리 질렀다.

속박했던 끈은 아까부터 조금쯤 느슨해진 상태였다. 이를 악물고 힘을 주자 매듭 한쪽이 맥없이 풀렸다. 그 틈을 타 벌떡 몸을 일으켰다. 그러곤 가장 앞에 있던 애를 밀어 넘어뜨렸다.

"저게!"

다른 아이들이 나에게 손을 뻗었다. 그러나 이번엔 잡히지 않았다.

"도망친다!"

"미쳤어! 악마에게 홀렸다고!"

누군가의 손에 내 머리칼이 뜯겼다. 그럼에도 나는 문을 향해 달렸다.

획!

무언가 내 뺨을 스치고 지나갔다. 오래된 나무문에 박힌 건 방금까지 아네스가 손에 들고 있던 작은 칼이었다. 칼끝에는 붉은 자국이 묻어 있었다.

그것까지 확인하고 나니 더 이상 이곳에 남아 있을 이유가 무엇도 없다는 생각이 들었다.

"잡아!"

날카로운 목소리가 목덜미를 스치고 나무문에 쩍쩍 달라붙었다.

온 힘을 다해 오래된 문을 열었다. 여길 나가기만 하면 어디로든 달릴 것이다. 복도를 달리다 보면 누군가가 나를 구해줄 것이다.

그것만 생각했는데, 황당했다.

문을 열자 막다른 곳이었다.

작고 낡은 베란다 너머로 어둠에 잠긴 숲이 보였다. 실은 보였다기보다는 온몸으로 느껴졌다. 어둠에 가려 보이지 않는 부분조차도 선연히 존재감을 드러내고 있었으니까.

막다른 곳.

뒤를 돌아보았다. 아녜스가 벌써 코앞까지 와 있었다. 그 애의 흰옷에 붉은 핏방울이 점점이 흩뿌려져 있었다. 그건 나의 피. 순결한 백색 옷을 더럽힌 나의 죄.

"내가 이렇게 죽을 정도로…… 잘못한 거야?"

숲에서부터 불어온 차가운 바람에 이가 딱딱 부딪쳤다. 아녜스의 커다란 눈이 나를 쳐다보았다.

그 유리알 같은 눈에 순간 서늘한 기색이 번득였다.

"모르겠어? 넌 여기에 오면 안 됐어. 그래, 처음부터 잘못

됐지. 겨울을 앞둔 마당에 전학생이라니."

아녜스의 손에 들린 작은 칼에서 뚝, 핏방울이 떨어졌다.

'처음부터'라는 말이 내 귓가에 콱 꽂혔다.

"생각해봐. 넌 어쩌다 여기에 오게 되었지?"

"뭐라고?"

아녜스가 되물었다.

"네가 어쩌다 여기에 오게 되었는지 생각해보라고. 바깥에서 말이야."

그 말을 듣는 순간, 나의 내면을 단단히 직조하고 있던 뭔가가 삐끗하며 어긋났다.

기억의 시간을 거슬러 가자 곧 이곳에 처음 왔던 날이 떠올랐다. 옆에서 욕설을 중얼중얼 내뱉으며 앞서 걷던 수녀의 뒷모습, 검은 나무로 가득 차 있던 숲, 그 안에서 움직이던 무언가. 그리고 길 끝에서 보았던 성모학원.

"아니, 그거 말고. 그보다 전에……."

아녜스의 목소리가 날카로운 칼날이 되어 내 생각 사이로 비집고 들어왔다. 번득이는 눈동자가 나에게 또다시 물었다. 너는 정말로 어디서 왔느냐고.

"난……."

대답을 하려던 목소리가 끊겼다.

생각이 나지 않았다. 깊은 산길을 걷기 전.

성모학원에 오기 전.

그때의 난 도대체 어디에서 어떤 모습으로 있었던 거지?

아무리 기억을 더듬어봐도 그 이전이 기억나지 않았다. 기억은 매끄러운 단면만을 내보인 채 거기서 뚝 잘려 있었다.

그럴 리가 없었다.

"아니야, 아닌데……."

"아무 소용 없어."

아녜스가 웃고 있었다.

"여기서는 아무도 스스로를 구원할 수 없을 테니까. 너라고 해도 예외는 아니겠지."

"구원할 수…… 없다고?"

망연자실해 묻는 나를 아녜스가 느긋하게 미소 지으며 바라보았다.

"오로지 신심으로 성모님께 선택된 자들만이 이 지옥에서 빠져나갈 수 있어. 너는 네가 그렇다고 생각해? 네가 선택받고 구원받을 수 있다고 생각하는 거야? 네가 어디서부터 시작된 줄도 모르는 주제에?"

"아니야! 난!"

뭔가 말하고 싶었다. 하지만 목에 뭐라도 걸린 것처럼 소리는 콱 막혀 나오지 않았다. 부정하고 싶었다. 그러나 부정할 수 없는 현실이 나를 짓눌렀다. 숲에서 불어온 시린 바람이 내 몸을 휩쓸었다.

아녜스가 앞으로 한 발, 내가 뒤로 한 발.

"가버려. 거기서 잘 생각해봐. 아니면 생각할 틈도 없이 추수당하거나."

나는 내 뒤로 펼쳐진 검은 숲을 보았다. 막다른 길.

내가 갈 수 있는 곳은 그 길뿐이었다. 그대로 베란다를 넘어 뛰어내렸다. 숲이 버티고 선 그 땅으로.

* * *

큰 마리아가 식당에 들어섰을 땐 이미 분위기가 한껏 들떠 있었다.

"원래 그런 거잖아. 내년 봄에 좋은 싹이 트려면 그 아래 죽은 것들이 깔려야 하지."

그렇게 말한 아이가 접시에 올라간 고기 한 점을 포크로 콱 찍었다. 하얀 접시에 육즙이 퍼졌다. 옆에 있던 다른 아이도 질겅질겅 제 몫의 고기를 씹어댔다.

저녁 식사 시간이 여느 때와 달리 풍성하게 차려졌다. 어디에다 꼭꼭 숨겨놨는지 찾아볼 수도 없던 고깃덩어리가 학원생마다 하나씩 배급됐다. 평소와는 전혀 다른 온기가 식당 안을 가득 메웠다. 지금까지 한 번도 느낄 수 없던 들뜬 분위기였다.

큰 마리아가 고개를 쳐들고 어수선한 식당 안을 불안하게 훑었다. 오후 내내 원장수녀의 방에 불려가 얘기를 듣느라 시달렸다. 매번 하는 그 레퍼토리는 새로울 것도 없었다. 이번에 그릴 그림들의 얼굴로 쓸 만한 모델이 정해졌는지, 정해졌다면 누군지.

그리고 내년 봄은 어떨지에 대한 내용들이었다.

큰 마리아는 늘 같은 대답을 내놓았다. 직접적인 모델로 쓸 사람은 없다, 내년 봄은 가봐야 아는 것이다.

'쓸데없는 소릴 듣는 데 시간을 뺏기는 바람에 마리아가 어디에 있는지 확인을 못 했어.'

식당 안이 열기로 가득한 이유는 큰 마리아도 모르지 않았다.

"하지만 어쩌겠어. 추수당한 건 당한 거야."

"누구든…… 추수당했으면 됐지."

누구든? 흘러나오는 말을 낚아챈 큰 마리아가 가장 앞에 있는 애에게 다가섰다.

"누가, 추수를 당했다고?"

큰 마리아가 바짝 얼굴을 들이밀고 묻자 아이가 겁먹은 표정을 지었다. 큰 마리아는 멱살이라도 잡을 것처럼 노려보며 재차 물었다.

"말해. 누가 추수를 당했는지."

기가 죽은 아이가 겨우 입을 열었다.

"마, 마르다가……."

큰 마리아가 눈썹을 찌푸렸다. 예상치 못한 이름이었다.

"마르다……."

신실한 마르다. 분명 오늘 아침에 작은 마리아에게 추수당해 마땅하다며 소리친 그 애였다.

'하필이면……'

ㄱ 생각이 가장 먼저 들었디.

마르다는 성모학원 내에서도 믿음이 깊다고 소문이 자자한 아이였다. 특별히 '신실한 마르다'라는 별명이 생길 정도였다.

마르다는 무슨 일이건 열심이었다. 성모학원의 대소사에 늘 자발적으로 손을 걷어붙였다. 충만한 믿음이 마르다를 행동하게 했고, 그것은 언제나 옳은 일처럼 보였다. 그런 마르다가 추수를 당했다면 그만큼 이상한 일도 없었다.

추수의 목적이 정말로 알곡과 쭉정이를 나누는 것이라면 마르다만큼은 추수당하지 않았어야 하니까.

'설마……'

큰 마리아가 눈썹을 찌푸렸다. 만약 마르다의 추수에 다른 무언가가 개입했다는 의문이 피어나면 작은 마리아가 의심당하기 딱 좋았다.

"예배당에서 마르다가 앉아 있던 자리에 눈송이가 쌓여 있었대."

"정말로 천사가 추수를 한 거야? 하지만 왜 마르다였을까? 신실한 자매였잖아."

아이들의 간지러운 속삭임.

"신실한 마르다가 추수를 당한 건 이상한 일이지만……."

그렇지만 어쩔 수 없다. 그런 심정이 느껴지는 말투였다.

"무슨 상관이야. 누구든 추수당했다면 다행인 거지. 지금 우리가 이렇게 있을 수 있는 것도 다 마르다가 추수당했기 때문 아니야?"

일렁이는 불빛, 긴 나무 식탁에 앉아 있는 아이들 그리고 그 주변을 둥글게 메운 식당의 벽화까지.

아이들은 큰 마리아를 옆에 두고 다시 떠들어댔다.

"정말 다행이지. 이렇게 추수의 기간이 끝나서."

"이제 우리가 추수당할 일은 없잖아."

"어쩌면 신실한 마르다가 우리를 위해 스스로 희생한 걸 지도 몰라."

"그래, 우리 마르다를 위해 기도하자."

식탁에 도열해 앉은 아이들이 기쁨을 참을 수 없는 얼굴로 다들 두 손을 모았다.

고이 모은 두 손, 얌전히 내리깐 속눈썹, 감사와 사랑을 읊는 입술.

그들의 모습은 신실하기 그지없는 자매들이었다.

"하……."

큰 마리아가 어이없다는 듯 숨을 내쉬었다.

'신실함이라고?'

말도 안 됐다. 저들이 무엇을 위해 기도하는지 안다면 그것을 그저 신실함이라고 말할 수는 없을 것이다.

제멋대로 규정하고, 한쪽으로 몰아버리고, 자매의 죽음에 미소 짓는 자들.

큰 마리아가 눈을 들어 식당에 보인 아이들과 자신이 그려낸 벽화를 번갈아 보았다. 기도를 올리는 그들을 둘러싼 벽화들이 이를 드러낸 채 우줄우줄 웃어댔다.

너희들이 그러고도 감히.

감히.

감히.

"비켜줄래?"

큰 마리아가 뒤를 돌았다.

아네스가 큰 마리아를 보고 있었다.

아네스가 든 식판 위에도 커다란 고기가 한 점 올라가 있었다. 마치 제사상에 올린 것처럼.

"너, 그 애를 어디로 데려갔어?"

큰 마리아의 다그치는 말에 아네스가 픽 웃었다.

"아까랑은 좀 다르네? 지겹지도 않냐고 그러지 않았나?"

"다른 얘기는 됐어. 작은 마리아…… 어디 있어?"

큰 마리아의 송곳 같은 눈길이 아네스에게 붙박였다. 아네스는 뭘 말하는지 모르겠다는 표정을 지었다.

"뭘, 어디로?"

"이런다고 내가 너를 그려줄 것 같아?"

큰 마리아가 조급해진 감정을 숨기지 못하고 소리쳤다.

아녜스는 그저 고개를 살짝 갸웃거렸다.

"글쎄. 하지만 다른 건 몰라도 그 선택을 한 내 마음만큼
은 너와 똑같아."

"똑같다고?"

"네가 그림을 그리고 안 그리고는 너의 뜻이 아니랬지. 신
실한 자매로서 성모님의 뜻을 따르는 거잖아. 안 그래?"

아녜스가 득의의 미소를 지었다. 그 위로 또다시 불이 일
렁였다.

큰 마리아가 아녜스의 팔을 채듯이 잡아 식당 바깥 복도
로 끌고 나갔다.

큰 마리아의 당황한 모습을 보면서 아녜스가 이죽거렸다.

"나도 그래. 마리아, 지금 넌 어디서 왔는지도 모르는 그
애에게 홀려 있잖아. 솔직히 너도 알지? 난 그런 너를 구원
해주려는 거야. 그게 성모님의 뜻이니까."

큰 마리아가 입술을 악물었다. 그걸 본 아녜스가 한 걸음
다가섰다.

"어차피 조만간 다른 애들에게 쫓겨났을 거야. 그럴 바에
는 이편이 차라리 낫지 않겠어?"

"그게 성모님의 뜻이라고?"

큰 마리아의 표정이 속을 알 수 없을 만큼 오묘하게 굳었

다. 큰 마리아의 긴 눈이 아녜스를 훑었다. 마치 그림을 그릴 때 그러던 것처럼.

"작은 마리아를 발견한 건 나야. 그래서 그 애에게 내 이름도 줬어."

"어차피 이미 늦었어."

"뭐라고?"

"밖을 봐."

아녜스의 손짓을 따라 큰 마리아가 창문을 보았다. 나무 덧문을 달아놓은 창문 중 하나가 반쯤 열려 있었다. 그 밖으로는 한도 끝도 없는 어둠만이 펼쳐져 있었다.

"이미 어둠이 왔고 눈이 내리고 있어. 그리고 저 어둠 속에서는……."

아녜스가 큰 마리아에게 슬며시 다가섰다. 아녜스의 입술이 위로 슥 올라갔다.

"추수가 시작되겠지. 도처에는 천사들이 깔려 있을 거야. 그 애가 도망칠 곳은 없어. 우리처럼."

승패가 자명한 대결의 판정을 내리는 듯한 아녜스의 말. 더 이상 무엇도 할 수 없으니 포기하라는 말.

큰 마리아가 잠깐 멈칫거리다, 느닷없이 웃음을 터뜨렸다.

"하하! 하하하!"

"왜…… 웃는 거야?"

기이하게 웃던 큰 마리아가 아녜스를 똑바로 노려보았다.

"작은 마리아가…… 너희와 똑같다고?"

아녜스의 눈썹이 바로 찌푸려졌다. 무슨 말인지 얼른 납득이 되지 않는다는 듯.

큰 마리아가 아녜스의 한쪽 어깨를 확 붙잡고는 지긋이 힘을 주었다. 큰 마리아의 긴 손가락이 아녜스의 어깨를 꿰뚫기라도 할 것처럼 안으로 파고들었다.

"아, 아파……!"

큰 마리아의 손에서 벗어나려고 아녜스가 몸부림쳤지만 어쩐지 몸이 움직여지질 않았다.

"그 애는 너희와 달라."

큰 마리아의 목소리가 묵직한 공기처럼 발아래로 깔렸다. 이번에는 아녜스가 픽 웃었다.

"다르다고? 그래서 그 애를 그리고 싶어 했어?"

"그 애는……."

큰 마리아의 말을 아녜스가 가로챘다.

"그 애가 뭐가 달라?"

아녜스의 원망 섞인 목소리는 으르렁거리는 짐승의 것 같았다.

"결국은 그 애도 이곳에 갇힌 존재야. 추수를 당하거나 당하지 않거나, 여기에 내년에도 남아 있거나, 그 전에 죽거나! 그것밖에 할 수 있는 게 없다고! 아직도 모르겠어?"

어깨를 움켜잡은 큰 마리아의 손 위로 아녜스의 손이 겹

쳐졌다. 아예 자신을 부숴달라는 뜻인 것만 같았다. 차라리
네 손으로 나를 죽여달라는 그런 메시지.

그러나 아녜스도 잘 알고 있었다. 큰 마리아는 자신에게
구원도, 자비로운 죽음도 허락하지 않으리라는 것을.

"넌…… 우리의 두려움을 하나도 이해하지 못해. 너는 이
곳에서 영원한 방관자일 테니까."

방관자! 그 말이 큰 마리아의 가슴에 날아가 꽂혔다.

"너는 결국 여기서 나갈 수 있잖아. 저 문을 거쳐 숲을 지
나서……."

아녜스의 유리알 같은 눈동자가 큰 마리아를 노려보았다.

"그러니까 한 번은 너도 겪어봐야 하지 않겠어? 누군가가
네 옆에서 사라지는 게 어떤 기분인지. 지금까지 네가 몰랐
던 지옥의 고통도 느껴봐야지."

"지옥이라……."

큰 마리아가 아녜스의 말을 곱씹으며 중얼거렸다. 그러곤
아녜스를 보았다.

"그런데 말이야, 이곳이 지옥이라면 왜 네가 여기에 있는
지 정도는 알아야 하는 거 아니니?"

"너 지금 뭐라고……."

"어디로 데려갔어? 나의 마리아, 어디에 데려갔냐고."

큰 마리아가 인내심이 바닥난 목소리로 추궁했지만 아녜
스는 순진무구한 척 대꾸하지 않았다. 그저 이 상황이 재밌

다는 듯 피식 웃으며 고개를 기울였다.

"왜 그런 얼굴이야, 마리아?"

천사 같은 아녜스의 얼굴은 큰 마리아를 가엾게 여기는 것 같기도 했고 경멸하는 것 같기도 했다.

"기뻐해야지. 네겐 다행스럽게도 작은 마리아가 아니었잖아."

아녜스가 천천히 말을 이었다.

"신실한 마르다가 아니었다면 작은 마리아는 정말로 추수 당했어야 해. 즐겁지 않아? 작은 마리아 대신 신실한 마르다가 추수를 당해서 기쁘지 않아?"

즐겁지 않아. 기쁘지 않아.

기뻐하는 건 너희들뿐이잖아. 이곳에서 다른 이들의 목숨을 제물 삼아 다시 1년을 살아가는 너희들. 다른 이의 죽음을 통해 겨우 살아가는 너희들이 과연 신실하고 복되다고 할 수 있을까.

이들은 그저 자신의 죄가 무엇인지도 모른 채 그냥 존재하는 자들이었다. 죄를 뉘우치지도 않고 그저 어떻게든 살아보려고 아둥바둥하는 것들.

말하고 싶었다. 만약에 정말 추수를 하는 천사들이 쭉정이와 알곡을 키질하듯 골라내는 거라면 왜 그렇게 신실하다고 인정받는 마르다가 추수당했어야 하냐고. 뭔가 이상하다는 걸 아직도 모르냐고. 추수를 하는 천사들과 추수를 당할 너희들 중 하나는 잘못하고 있는 게 아니냐고. 그렇게 묻고 싶었다.

어느 한쪽의 믿음은 잘못된 게 분명했다. 맹목적으로 눈을 가리고 불의를, 불신성을 믿는 게 분명했다.

"마르디기 있던 자리에 눈송이가 내렸다고 했어."

그건 확실한 천사의 흔적이었다.

"아마 추수당한 거겠지. 그래서 저렇게 아이들도 축하하고 있는 걸 테고."

아녜스가 큰 마리아의 귀에 속삭였다.

"하지만 누가 먼저인지는 모르겠네? 어쩌면 마르다가 아직 죽지 않았을 수도 있잖아. 혹은…… 네가 말했던 것처럼 이번 겨울은 좀 다르니까, 둘 다 추수당했을 수도 있지. 안 그래?"

아녜스가 마지막으로 회심의 미소를 지으며 말했다.

"숲으로 갔어. 아마 못 찾을 거야."

* * *

내가 어디에 있는지 알 수 없었다.

방향감각을 완전히 상실한 상태였다. 온 곳으로 되돌아가는 것은 이제 불가능해졌다. 어디가 땅인지, 어디가 하늘인지도 제대로 구분되지 않았다. 스산하게 울부짖는 나무들의 숙덕거리는 소리만이 귓가를 가득 메웠다. 이렇게 된 이상 차라리 그냥 도망쳐야겠다는 생각뿐이었다. 저곳만 아니면 되었다.

저긴 정상이 아니야. 미쳤다고.

온전한 정신으로 살아갈 수 있는 곳이 아니었다. 겨울을 넘기지 못하고, 이상한 천사가 나타나고, 석상이 인체처럼 죽어나가는 저런 곳이 정상일 리가 없었다.

성모학원 안을 부유하는 유령 같은 공기가 아이들을 미치게 했다. 떠도는 허황된 소문들을 전부 사실이라고 믿게 했다. 그 안에서는 숨을 한 번 몰아쉴 때마다 독성이 몸속에 차곡차곡 쌓였다.

아이들이 이 숲을 빠져나갈 생각을 차마 하지 못하는 건 당연했다. 그들에게 성모학원을 벗어나는 것만큼 성심에 반하는 일은 없을 테니까. 그러니 저 안에서 계속해서 구원만을 바라며 천천히 죽어갈 수밖에는 없을 것이다.

분명 구원은 다른 세상에도 있다. 성모학원을 벗어나 숲을 헤치고 나가면 더 이상 공허한 믿음으로만 버티지 않고, 발을 땅에 붙인 채 한 발 한 발 내 힘으로 살아갈 수 있는 세상이 있을 것이다. 그런데 그들은 그것을 잊었다. 얼마나 많은 시간을 그곳에서 보낸 걸까? 맹목의 믿음에 덮여 깊이 파묻힌 다른 세상을 다시는 궁금해하지 않게 된 건 언제부터일까?

가쁜 숨소리만이 귓가를 채웠다.

손가락이 곱아들었다. 덮치듯이 들이치는 차가운 공기의 공격에 숨 쉴 때마다 통증이 밀려왔다. 이미 발에는 감각이 없었다. 2층 베란다에서 떨어질 때 다리에 가해진 충격이 고스란히 통증으로 남았다. 퍼져가는 통증이 온몸을 둔탁하게 때렸다.

쏴아아!

얼음장 같은 바람이 나무줄기 사이로 밀어닥쳤다.

"으……"

몸을 가만히 세워두는 것도 어려웠다. 뭔지도 모를 것에 발이 걸려 눈 위를 굴렀다. 온몸이 부서지는 기분이었다. 아무리 헤쳐도 숲은 끝날 기미가 보이지 않았다.

정말로…… 내가 추수를 당하는 걸까?

화장실에서 보았던 글귀, 아녜스가 비스듬히 속삭이던 저주 같은 이야기.

이곳의 아이들은 가을부터 미리 겨울을 준비했다. 머릿속에 진득하게 눌어붙어 떨어지지 않는 겨울의 감각이, 이곳의 아이들에게는 파편처럼 박혀 있었다.

올해 겨울은 무사히 지나갈 수 있을까?

추수당하지 않을 수 있을까?

이곳에서 정말로 살아남을 수 있을까?

기도하고 또 기도하면서 그것만을 바라왔을 것이다. 숨도 크게 쉬지 못하고 이곳을 둘러싼 검은 숲을 두려운 눈으로 흘깃거리며.

그들은 약한 악인들이었다. 언제 추수당할지 몰라 항상 눈치를 보고 두려움에 떨며 기도를 드리면서도 자신이 받아야 할 벌이 다른 이의 몫으로 넘어가기를 바랐다. 비겁했고 잔인했고 그래서 아무것도 하지 않았다. 다들 몸을 낮추고 숨는 데만 급급했을 뿐.

새벽에 갑자기 들린 진동 소리에 깨어나 계단을 밟고 내려갔을 때 보았던 눈동자들.

그들의 눈동자는 그저 욕망으로 희번득거리고 있었다. 자신들이 받아야 할 벌을 다른 누가 받았는지 확인하고 기뻐하기 위해.

오로지 자신의 안위밖에 없는 이들.

이 안에서 악인들의 규칙은 반복된 일상을 통해 더욱 공고해진다. 자신들이 선이라고 믿으면서 계속해서 이 모든 것을 되풀이한다.

계속해서, 계속해서…….

겨울 다음에는 봄이 와야 했지만 이곳은 그저 영원한 겨울이다. 이들은 끝없는 겨울 속에 살면서도 그 사실을 알아채지 못한다.

'그럼 너는?'

머릿속에 떠오른 그 질문은 아녜스의 목소리를 빌려 나에게 꽂혔다.

'넌 네가 어떻게 여기에 오게 되었는지도 모르면서.'

이어지는 비웃음.

"아니야!"

터트리듯 소리를 지르며 손바닥으로 귀를 틀어막았지만 아녜스의 목소리는 머릿속에서 연신 울렸다. 막을 방법이 없었다.

'결국 너도 똑같아. 여기에 왔잖아. 이곳에서 우리처럼 살아야 할 거야.'

결국 여기에 왔다.

산길을 유안 수녀와 함께 걸어서, 어디선가, 작은 마리아라는 이름을 얻고, 이곳에 녹아들며······.

그러니까, 왜?

아녜스의 질문을 받았을 때부터 그 물음은 머릿속에서 떠나지 않았다. 내가 어쩌다가 성모학원에 왔는지, 작은 마리아라는 이름을 받기 전 내 진짜 이름은 무엇인지.

그 모든 질문에 대한 답이 전혀 떠오르지 않았다. 그럴 수가 없는데도.

이전의 모든 기억은 전부 땅속 깊이, 아니면 끝이 보이지 않는 광활한 어딘가에 찾을 수 없도록 묻힌 것만 같았다. 너무 깊은 뿌리는 죽은 것처럼 움직이지 않고 숨을 쉬지도 않고, 그저 존재만 한다. 나의 진짜는 이 숲속의 어느 나무의 깊은 뿌리와 같은지도 몰랐다.

하지만 그곳에서도 넌 계속 그 검은 탑들을 바라보았어

이건 다른 목소리.

아네스도 나의 것도 아닌 낯선 목소리가 웅웅 사방을 울렸다. 마치 이 숲 전체가 말을 하는 것 같은 섬뜩한 기분이 들었다.

어둠 속에서 더 어두운 나무들이 둥둥 울렸다. 그 목소리는 나무에서, 이 안에 쌓인 눈들에서, 숲과 바람과 차가운 공기에서 흘러나오는 것 같았다.

누군가가 너를 그 무덤 속에서 꺼내줄 그 순간을 떠올리면서

울리는 목소리에서 느껴지는 어떤 감정이 나를 밀치고 지나갔다. 아주 오래되고 지금까지 한 번도 드러난 적 없는 감정이었다.

이 숲의 가장 깊은 곳에서 계속해서 되풀이되는 시간, 그러면서 쌓이고 더 깊어지는 늪 같은 감정들. 볕 하나 제대로 들지 않는 이곳에서 고이고 썩어가는 감정들, 사람들.

언제까지 여기에 있어야 하는 거야
숲과 벌판과 모든 마음이 녹아 으깨져서 사라질 때까지?

그럼 우리도 저들과 같이 영영 이곳에서 이렇게……

숲이 말하는 이야기들을 이해할 수 없었다. 그리고 어째서 나에게 이런 이야기를 하는 건지도. 그러나 이해할 수는 없어도 느낄 수는 있었다.

뭔가가 있었다. 이 숲에, 이곳에, 굳이 성모학원이 있어야만 하는 이유가.

쏴아아아!

차가운 바람이 얼어붙은 낙엽들을 흔들었다.

'그때도 이렇게 바람이 불었는데.'

거기까지 생각하던 나는 순간 소름이 돋았다.

아무리 기억을 더듬어도 떠오르지 않던 기억들이 수면 위로 둥실 떠올랐다.

바람이 불던 날, 눈이 내리던 시간, 고요함이 물 안에 떨어진 잉크처럼 번지던 때.

늘 그랬던 것처럼, 앞으로도 영원히 그럴 것처럼 나는 제물을 찾고 있었다. 사정없이.

사그락거리던 마른 풀잎의 소리, 망막에 달라붙은 것처럼 선명한 성모학원의 그림자, 공기 중에 퍼진 진득한 냄새와 귓가에 울리는 비명.

그 기억을 똑똑히 다시 한번 보면서도 나는 그게 무슨 기억인지, 언제의 기억인지 알아차리지 못했다. 다만 내가 아주 오래전부터 이곳 성모학원을 알고 있었던 것만은 확실했다. 계속해서 이곳을 보아왔다. 그리고.

뚝, 뚝.

쌓인 눈 위로 붉은 핏방울들이 떨어졌다.

눈이 어둠에 익숙해진 걸까? 아니, 그렇다고 해도 이렇게나 선명하게 핏자국이 보일 리가 없는데. 그런데도 그 장면은 눈앞에 환히 보였다.

지금 펼쳐지는 것들이 지나간 과거의 기억인지, 아니면 환각인지, 그것도 아니면 미래의 어느 때인 건지조차 구분하기 어려웠다. 하지만 이곳에서는 미래도 곧 과거다. 빙글빙글 돌아가는 쳇바퀴 같은 이곳에서는 미래도 과거도 의미가 없으니까.

피에 푹 젖은 손을 황망하게 내려다보았다. 온몸은 차가웠는데 피에 젖은 손만큼은 불에 덴 것처럼 너무나 뜨거웠다.

보드랍게 깔린 흰 눈 위로 쓰러진 것은 한 소녀.

빛바랜 성모학원의 원복을 입은 채 뻥 뚫린 눈으로 나를 보고 있었다.

아무렇게나 흐트러진 검은 머리칼, 핏기가 사라진 낯선 얼굴. 그러나 얼굴에 아직 머물러 있는 익숙한 감정.

왜 하필 나였나요?

그 질문에 내가 대답해줄 수 있는 건 아무것도 없었다. 그저 이곳의 규칙이기에 행할 뿐이었다. 누가 만들어낸 규칙인지도 모른 채.

힐긋 위를 올려다보니 자애로운 성모의 미소가 보였다. 이 곳에서 나갈 수 있는 악은 존재하지 않는단다, 그러니 다른 생각을 해서는 안 된단다, 하고 말하는 것처럼.

간악스러운 것들

쓰러진 소녀를 내려다보는데 그 목소리가 흘러나왔다.

분명히 내 목소리였지만 내 입에서 나온 건 아니었다. 짙은 어둠으로 둘러싸인 숲속을 무거운 고요가 찍어 눌렀다. 자연스러운 고요가 아니었다. 아무도 없어서 생긴 것이 아니라 모든 게 입을 다문 채, 이쪽을 내려다보기만 하기에 깃든 고요였다.

간악스러운 것들

다시 한번 흘러나오는 그 소름 돋는 말.

그 말의 농도는 이 고요와 똑같았다.

간악스러운 것들, 간악스러운 고요.

덜컹, 덜컹, 덜컹…….

저 멀리 어디서 시작되었는지 모를 곳에서 그 소리가 들려왔다. 주위엔 흔들릴 만한 게 아무것도 없는데 계속해서 나무문이 흔들리는 소리가 났다.

어둠을 계속 보면 그 어둠도 너를 본단 말이지.

언젠가 들었던 이상한 얘기. 내 눈은 이제 어둠에 물들어 가고 있었다.

덜컹거리던 문이 마침내 열리면…….

나도 모르게 그 말을 다시 중얼거렸다.

"간악스러운 것들…….."

이곳에 있는 모든 것이 간악이었다. 아침마다 새하얀 얼굴로 기도를 드리는 아이들도, 자신들의 말이 전부 진리인 것처럼 구는 수녀들도, 그 모든 것을 보고도 모른 척 은폐해버리는 성모학원 자체도.

끼이익, 끽.

이번엔 무슨 소리인지 금방 알아챘다. 발자국을 찍어내는 소리였다.

그것도 눈 쌓인 숲에서는 절대 날 수 없는 소리. 기도를 하는 수많은 소녀들 사이를 오갈 때 난 그 소리. 나무판자가 삐걱거리는, 그 기묘한 소리.

큰 마리아는 그게 수녀들의 발소리라고 했지만 나도 큰 마리아도 결코 수녀의 발소리가 아니라는 걸 알고 있었다.

눈 위에 엎드린 내 옆으로 무언가가 바닥을 디디며 오는 소리가 났다. 나도 모르게 다시 고개를 아래로 떨구었다. 머리를 처박고 기도를 올리려는 듯이.

지나가는 발걸음. 삐걱이는 소리들.

후우우우.

차가운 숨결이 뒷덜미에 와 닿았다. 소름이 돋았다.

정말로 누가 있는 걸까? 아니면, 그저 내 상상인 걸까?

우리는……

목소리가 다시 들렸다.

우리는 쭉정이를 태우고 알곡을 모으고
눈과 어둠과 함께 움직이고 눈과 함께 사라지고

목소리들은 추수에 대한 노래를 불렀다. 내 위로 바람이
스쳐 지나갔다. 바람이 아니라 누군가의 차가운 옷자락일지
도 몰랐다.

쭉정이를 태우고
지옥에 떨어뜨리고

쓰러진 소녀는 사라졌지만 내 손은 아직도 피에 젖어 있
었다. 네가 한 짓을 잊지 말라는 듯이.

걱정하지 마라 무서워하지 마라
원래 그렇게 죽어야만 하는 것들이니까……

귓가에 들리는 목소리에 살며시 고개를 들었다. 하지만 역시나 눈앞엔 아무것도 없었다.

이곳은 본디가 지옥이라

그 말을 마음속으로 따라 읽었다. 본디가 지옥. 귀 옆으로 날카롭게 바람이 불자 온몸이 얼어붙고 말았다.

그런데말이야이곳이지옥이라면왜지옥에떨어졌는지저들도알고있어야하지않겠어?

순간, 커다란 목소리가 귓가에서 울렸다.
내 시야가 어두워졌다.
그대로 세상이 사라졌다.

* * *

"학원생 중 하나가 사라졌다고?"
원장수녀가 유안 수녀의 보고를 듣자마자 번쩍 고개를 쳐들었다. 원장수녀의 거친 양 볼이 파르르 떨렸다.

그녀는 벌써 며칠 전부터 작은 것에도 일일이 반응하며 예민하게 굴었다.

불안에 시달리고 있다.

유안 수녀는 원장수녀를 대할 때마다 그런 느낌을 받았다. 큰일을 다 치르고도 이렇게나 불안해하다니, 수녀원과 성모 학원을 책임지는 관리자로서 그래서는 안 되었다. 물론 학원생의 실종이 작은 일은 아니었지만.

"예, 작은 마리아가 보이지 않습니다."

그렇다고 특별한 일도 아니었다. 겨울마다 몇 번씩 있는 일이 올겨울에 처음 보고된 것뿐이었다.

"이미 마르다가 추수당하지 않았나? 다른 흔적은? 있었나?"

유안 수녀는 원장수녀가 헛다리를 짚고 있는 것 같아 조금은 어이가 없었다. 또 추수를 당할 리가 없는데…….

"작은 마리아가 추수당했다는 흔적은 없었습니다."

단정하는 말 뒤에 단정할 수 없는 말을 이었다.

"이게 다른 일의 전조 증상인 건지, 아니면 그저 이곳에서 도망치려고 한 건지 알 수가 없기에……."

"그런 것을 감시하라고 너와 베로니카를 학원생들에게 붙인 게 아닌가. 도대체 뭐 하나 제대로 해내는 게 없군!"

"죄송합니다."

유안 수녀가 고개를 푹 숙였다. 일단은 이 여자의 심기를 건드리지 않는 게 나았다. 어차피 성모학원 안 어딘가에 숨어 있을 테니 배가 고프면 알아서 기어 나올 터였다.

추수의 기간이 지나가면 충격에 빠지는 아이들이 더러 있었다. 한동안 충격을 주체하지 못해 홀로 오돌오돌 떨며 숨어 있다가 며칠이나 지나 발견되기도 했다. 실종은 실종이고 또 결국은 나타날 테니까, 이 정도에서 서로 그러려니 하고 있으면 될 일이었다. 물론 학원생들의 동요를 막기 위한 조치는 필요할 터이니 그 지시를 받고 얼른 물러나고 싶었다.

그때 문을 노크하는 소리가 났다.

원장수녀가 바짝 날이 선 어조로 말했다.

"누구야?"

윽박지르는 소리 때문이었는지 바로 대답이 들려오지 않았다. 몇 초가 더 지난 다음 조용히 문이 열리고 아네스가 모습을 드러냈다.

"아네스입니다, 원장수녀님."

유안 수녀가 원장수녀의 표정을 살폈다. 누가 얼굴을 구겨 놓은 것처럼 표정이 일그러진 걸 보고 그녀 대신 얼른 대답했다.

"지금 바쁘니까 나중에……."

유안 수녀의 말에 아네스가 예쁘게 웃으며 입을 열었다.

"혹시 작은 마리아의 일에 대해서 이야기하고 계셨어요?"

원장수녀가 빤히 아녜스를 쳐다보았다. 말없이 집요하게 노려보았다.

"네가 뭔가 알고 있는 모양이구나?"

원장수녀가 고개를 모로 삐딱하게 숙이며 물었다. 제대로 알고 있는 게 아니라면 큰 벌이라도 내릴 것처럼 날카로운 눈빛이었다.

아녜스가 동요하지 않고 고개를 끄덕였다.

"네, 작은 마리아는 숲으로 갔습니다."

"숲으로…… 갔다고?"

원장수녀가 대번에 눈썹을 찌푸리며 되물었다. 골치 아프게 생겼다는 표정이 역력했다. 원장수녀가 한번 제대로 화를 내면 학원생들 모두가 며칠씩 고생했다. 청소를 다시 하고, 밥을 굶고, 잠을 못 잤다. 괴롭히고 또 괴롭히면서 못살게 굴었고 자신의 화가 풀려야 학원생들도 놓여났다.

그걸 아녜스라고 모르지는 않았다. 그러나 아녜스의 미소는 흐트러지지 않았다.

"말 그대로입니다, 원장수녀님. 작은 마리아는 이곳을 견디지 못하고 숲으로 갔어요. 제 발로요."

아녜스의 마지막 말에 유안 수녀의 얼굴이 순간 굳었다.

"제 발로?"

"제가 직접 보았어요. 뭐에라도 홀린 것처럼 가더군요."

아녜스의 보고에 원장수녀의 경직된 표정이 서서히 풀렸

다. 어쩐지 금방 관심을 잃은 것처럼 딴생각에 잠긴 표정이었다.

그러다 문득 아, 하며 무언가 생각난 듯이 대답했다.

"그런 거라면 더 이야기할 필요도 없겠군. 가끔 그런 학원생들이 나오지 않았나. 이곳의 생활에 적응을 못 해서 도망치려던 아이들이."

잠시 침묵이 이어졌다. 유안 수녀와 아네스는 다음 말을 기다렸다. 어떻게 할지 지시를 받아야 했으니까. 그러나 원장수녀의 입은 더 이상 열리지 않았다.

이상하게도 원장수녀는 갑자기 평온해 보였다. 또 하나의 일이 마무리된 것처럼 가뿐해 보이기까지 했다. 학원생이 숲으로 도망쳤는데 그것으로 되었다는 것 같았다.

그녀는 정작 아네스에게 물어야 할 것조차 빠트렸다.

왜 숲으로 도망치는 작은 마리아를 말리지 않았는가?

왜 아네스 너는 숲으로 도망치는 작은 마리아를 지켜보고만 있었는가?

원장수녀의 지시가 없자 유안 수녀가 평소와 같은 메마른 목소리로 말했다.

"길 잃은 학원생을 위한 기도를 오늘 저녁 미사에 추가할까요?"

원장수녀는 사무적으로 고개를 끄덕였다.

"그 정도면 되겠군."

그녀가 볼일이 다 끝났으면 가보라며 팔을 휘휘 내젓자 유안 수녀와 아녜스가 고개 숙여 인사했다.

*　*　*

큰 마리아가 캔버스 앞에 서서 한참이나 자신의 그림을 바라보았다.

가장 성스러운 예배당 안쪽에 놓일 그림이었다.

흰 백합꽃이 달린 긴 줄기를 들고 있는 성모의 모습.

머리 뒤에서 비치는 후광과 입고 있는 짙은 청색 옷은 본래 성화의 복식을 따랐지만 다른 것만큼은 그러지 않았다.

가려야 할 머리칼은 보란 듯이 어깨 위로 탐스럽게 흘러내렸다. 그리고 이쪽을 직시하는 검은 눈동자에는 어떤 위압감이 깃들어 있었다.

큰 마리아가 그린 성화에는 성모와 백합꽃을 제외한 나머지 것들은 아무것도 없었다. 성화라면 대부분 있는 수태고지의 천사 혹은 배경의 다른 것도 없이 성모는 그저 까만 어둠 속에 혼자서 빛을 발하고 있었다.

쏴아아아.

저 멀리 어디선가 불어온 바람이 큰 마리아의 귀밑머리를 날렸다. 부러 훤하게 열어둔 창문 밖으로는 옹송그린 어둠이 보였다. 성모학원은 어둠의 바다에 표류한 난파선이나 다름없었다.

"그리고 난 그 배에 스스로 자진해서 탄 미친놈일 테고."

불어온 바람에 촛불이 흔들렸다. 흔들리는 불빛이 화실에
세워둔 그림에 기묘한 생명력을 불어넣었다. 둘러싼 그림들,
그 안에 있는 얼굴 없는 자들이 전부 일렁이며 움직이는 것
처럼 보였다.

큰 마리아가 붓을 집어 들었다. 이쪽을 바라보고 있는 성
모상의 캔버스 크기는 제 키보다 조금 더 컸다. 큰 마리아가
그림 속 성모를 가만히 바라보았다. 캔버스 안에는 큰 마리
아의 손길을 거치지 않은 것이 없었다.

머리카락 한 올, 피부 한 조각, 속눈썹 하나하나와 그녀의
얼굴에 묘한 그림자를 드리운 후광까지도.

전부 큰 마리아의 손에서 태어난 것이었다.

붓을 집어 든 큰 마리아가 눈을 감고 작은 마리아의 얼굴
을 떠올렸다. 자신을 슬며시 올려다보던 그 눈빛, 그 위로 어
리는 감정, 눈동자 안에 비치던 자신의 모습까지.

어느 것 하나 놓칠 수가 없었다.

"너는 내가 불러낸 거잖아. 그러니까, 다시 돌아와야지."

붓을 든 큰 마리아의 손이 성모의 눈동자 안에 비치는 그
림자를 그려냈다. 성모 그림을 마주하고 있는 큰 마리아의
얼굴이 비치는 듯 보였다.

후우우우.

큰 마리아가 참은 숨을 천천히 내쉬면서 그림을 가만히 보았다.

이쪽을 쏘아보는 성모의 눈동자에는 이제 영원히 큰 마리아의 모습이 비칠 거였다. 영원히 큰 마리아만을 바라볼 것이었나.

작은 마리아를 닮은 성모 그림을 큰 마리아가 한 발 떨어져 바라보았다.

"너는 네 스스로를 구원할 수 있을 거야. 그래야만 해."

차라리 잘된 일이었다.

"어쩌면 깨닫게 될 수도 있겠지. 네가 누구인지, 무엇을 해야 하는지."

그렇게 못 한다면 자신이 이곳에 온 이유가 사라지는 셈이었다.

큰 마리아가 고개를 들고 화실 안에 놓인 숱한 그림들을 휘둘러보았다. 놓인 그림마다 두꺼운 시간의 더께가 쌓여 있었다.

이제는 큰 마리아도 자신이 얼마나 오랫동안 여기에 있었는지 기억나지 않았다. 이곳의 시간은 변함없이, 일정하게 그러면서도 제멋대로 흘러갔으니까. 그 사실을 증명하는 건 저 그림들뿐이었다. 그림을 그린 시간만큼은 분명히 존재했다. 그림은 큰 마리아에게 생존 기록이나 다름없었다.

얼핏 보면 성화의 연작들 같았지만 자세히 뜯어보면 성모학원에서 일어났던 일들이 담겨 있었다.

이곳에서 보낸 몇 번의 겨울, 그때마다 일어난 사건들.

눈이 내렸는데도 천사가 나오지 않는 겨울엔 스스로 제비 뽑기를 했다. 전부가 다 추수당할 수는 없다는 게 이유였다. 무리를 지어, 그중에서도 약한 자들을 계속 밖으로 쳐냈다.

모인 아이들은 돌아가면서 제비를 뽑았다. 이들은 그것이 성모의 선택이라고 믿었다. 천사들은 쭉정이만을 추수하는 거였으니까.

"아녜스……."

아녜스는 이 안에서도 구원을 가장 굳게 믿는 사람이었다. 그렇기에 그토록 큰 마리아의 근처를 빙빙 맴돌며 그림을 욕심내고 성심을 탐내고 이곳에서 빠져나가기를 욕망한 것이다. 혹시나 정말로 구원받을지도 모른다고 생각하면서.

제비뽑기로 추수당할 자를 정하고 나면 나머지 모두는 발을 쭉 뻗고 잤다. 온몸을 묶어 눈밭에 내놓으면 제물이 된 아이가 울부짖는 소리가 밤새도록 들렸다. 나중엔 목소리가 나오지 않아 몸을 굴려 벽에 제 몸을 부딪쳐댔다. 그러다가 결국 고요해졌다.

그 고요가 불면증도 사라지게 해준다고 누군가 웃으며 말했던 것을 큰 마리아는 아직까지도 기억했다. 올해의 겨울도, 추수의 기간도 지나갔구나, 이제 우리는 당분간 해방이다, 그런 소리를 지껄이면서 웃던 웃음소리까지.

사실은 그들도 알고 있었다. 이곳에서 정말로 구원을 받을 수 있는 자는 없다는 걸. 그러나 그들은 알면서도 일부러 잊었고 생각하려 하지 않았다. 거짓을 믿었고 스스로의 눈을 가렸다. 그렇게 계속 곪아갔다.

그것 외에는 다른 방법이 없었을 테니까. 그늘 역시 그늘만의 방법으로 이곳을 견뎌내는 것에 가까웠다. 하지만 이곳의 시간과 추수와 겨울은 원래부터 그들의 몫이었다. 그러니 어떻게 견디든 큰 마리아가 상관할 바가 아니었다.

"하지만 마리아, 너는 돌아와야지. 이곳으로."

거울을 마주한 듯 큰 마리아가 성화를 들여다보았다.

"너를 본 순간 난 알아차렸어. 네가 이곳의……"

속삭이듯 중얼대는 말은 발화되자마자 차가운 공기 중에 녹아 사라졌다.

"어쩌면 이건 기회일지 몰라. 네가 기억하지 못하는 것들을 기억하고 이곳의 두려움을 알아차릴 기회."

음미하듯 눈을 감자, 처음 작은 마리아를 발견했을 때의 기억이 떠올랐다.

아무도 없는 숲. 머리 위 한가운데 뜬 태양은 햇살을 직각으로 내리꽂고, 낙엽이 그 애의 위에 이불처럼 쌓여 있었다.

팔이었는지 다리었는지 둘 중 하나가 낙엽 사이로 비죽이 나와 있었다. 그걸 보고도 처음에는 그냥 지나치려고 했다. 이곳에서는 가끔, 아니 정확히 말하면 자주, 나타나지 말아야 할 것들이 나타나곤 했으니까. 그런 것들에겐 관심을 기울여선 안 됐다.

그런데 그것이 자신의 이름을 불렀다.

'승복······.'

승복.

순간 벼락을 맞은 것처럼 소스라치게 놀랐다. 성모학원에 발을 들여놓은 이후 불린 적 없는, 기억 속에서도 희미해진 자신의 이름이었다.

자신의 이름이 그 애의 입에서 흘러나오자 큰 마리아는 이 애가 자신이 기다려온 존재라는 것을 알아차렸다. 이곳에서는 오로지 그 존재만이 그 이름을 알 수 있었다.

한달음에 달려가 그 애의 얼굴을 가리고 몸을 뒤덮은 낙엽을 흩어냈다. 자신의 손가락 아래 드러난 새하얀 얼굴을 보았을 때는······.

눈물이 터질 것만 같았다.

덜덜 떨리는 손가락으로 낙엽 사이에 아무렇게나 놓인 머리칼을 정리했다.

내가 이토록 기다리던 존재는 이런 얼굴을 하고 있구나.

드디어 내 모든 그림의 목적지를 찾아냈다.

궤도 없이 달리던 열차, 그저 우주를 한없이 떠돌던 파편, 거친 파도 위를 아무렇게나 흘러가는 배가 드디어 주인을 만났다.

세계의 재정립.

낙엽 사이에 묻힌 그 존재를 눈에 새겨 넣었다. 큰 마리아는 자신이 옳은 선택을 했다는 것을 깨달았다. 지금껏 자신을 불러온 존재가 정말로 있었다. 이 지옥 속에.

모든 것의 가치는 한순간에 뒤바뀌었다. 아직 깨어나지 못한 그 애를 내려다보며 모든 게 다 바뀌었다는 것을 느꼈다.

'처음 만나면 도대체 무슨 이야기를 해야 할지 고민해왔는데.'

어쩐지 깊게 잠긴 눈은 열리지 않았다. 큰 마리아는 고개를 들어 숲을 바라보았다. 곧 닥쳐올 겨울을 대비하는 검은 숲과 나무를. 그리고 그 안에 깃들어 있는 의지를.

숲은 말하고 있었다.

이 아이를 너에게 보냈으니 그 뜻을 헤아려라. 머리를 조아려라.

땅과 하늘과 나무가 웅웅거리면서 이승복, 큰 마리아에게 계시를 내렸다.

"그래, 그건 진짜 계시였어."

다시 눈을 떴다. 작은 마리아의 얼굴과 똑 닮은 성모의 그림이 자신을 굽어보고 있었다. 큰 마리아가 손을 들어 그림 속 작은 마리아의 붉은 입술에 가져다 댔다.

"승복."

스스로 제 본명을 부르는 큰 마리아의 목소리는 마치 그림 속 작은 마리아의 목소리처럼 느껴졌다.

"네가 다시 한번 내 이름을 불러주면 좋겠어."

그날처럼. 그렇게 계시처럼.

나의 세계를 다 뒤집어놓았던 그때처럼.

"그러려면 일단 돌아와야겠지. 그럴 수 있어."

미지의 숲 어디에 있든지 너는 결국 이곳으로, 커다란 원형을 그리듯이 안으로 감기며 돌아오게 될 거였으니까.

"다시 돌아와, 나에게로."

큰 마리아가 주문처럼 그 말을 되풀이했다.

숲에서 발견한 작은 마리아를 그대로 두고 돌아와야만 했을 때, 큰 마리아는 도중에 잠시 망설였다. 작은 마리아와 함께 이대로 도망칠 수 있을지도 모른다는 유혹 때문이었다. 하지만 그래서는 앞에 이미 예정된 것처럼 놓인 운명이 제대로 흘러가지 않을 것을 알고 있었기에 그럴 수가 없었다.

작은 마리아는 자신이 아닌 다른 사람의 손에 이끌려 성모학원으로 와야 했고, 이곳에서 작은 마리아라는 이름을 받아야 했고, 자신을 다시 만나야 했다.

큰 마리아는 결국 홀로 돌아와 원장수녀에게 보고했다. 숲 속 지리에 밝은 유안 수녀가 나섰다. 유안 수녀는 반나절이나 숲을 뒤져 마침내 작은 마리아를 찾아냈다. 눈을 뒤집어 쓴 채 깨어난 작은 마리아는 어째서인지 아무것도 기억하지 못했다.

"그래서 처음에는 네가 아닐 수도 있다고 생각했지만."

이제는 너일 수밖에 없다는 생각뿐이었다.

승복

그 목소리가 큰 마리아의 귓가를 스치고 지나갔다. 큰 마리아의 짙은 호박색 눈동자가 크게 열렸다.

승복

자신을 부를 수 있는 단 하나의 목소리.

그 목소리가 다시 부르고 있었다. 큰 마리아의 입가에 미소가 번졌다. 점점 커진 웃음이 얼굴 전체로 그리고 온몸에 살살이 흘렀다. 몸에 난 솜털이 전기의 자극이라도 받고 일제히 찌릿 서는 것 같았다.

오로지 이것을 위해 이곳에 왔다. 큰 마리아, 승복의 세계를 뒤바꾸어놓은 그 존재를 찾기 위해.

붓을 내던진 큰 마리아가 화실의 문을 벌컥 열고 달려 나갔다. 빙글빙글 계단을 내려가다 한 문을 열었다.

네모나게 열린 문 너머의 세상에서는 소리도 없이 눈이 내리고 있었다. 펑펑 내리는 눈이 허벅지에 닿을 만큼 높게 쌓여 있었다. 아직도 부족하다는 듯 하염없이 관성처럼 내리는 눈. 큰 마리아는 희미한 새벽빛에 잠긴 바깥으로 거침 없이 나갔다. 겉옷도 걸치지 않았지만 추위는 조금도 느껴 지지 않았다.

큰 마리아는 고개를 들고 공기의 흐름을 읽었다. 허공처럼 텅 빈 세상. 물이 높은 곳에서 낮은 곳으로 흐르듯, 이곳에서 도 공기는 가장 중요한 중심을 향해 흐르기 마련이었다.

"마리아……."

그 이름을 중얼거리고서 고개를 돌려 성모학원 뒤편을 바라보았다.

피와 은혜의 향기는 거기서부터 나오고 있었다.

큰 마리아가 그쪽을 향해 달려갔다.

* * *

눈을 뜨니 지옥이었다. 다시.

나는 눈밭에 쓰러진 채, 앞에 있는 검은 벽돌을 멍하니 바라보았다. 야트막한 벽돌담 뒤로 무덤들이 보였다.

내리는 눈송이 사이로 삐죽이 올라와 있는 십자가들, 그 주위로 아무렇게나 자라난 덤불과 말라버린 풀들. 그 위로 쌓여가는 눈.

숲은 저 멀리 뒤돌아 가버렸다. 나는 다시 성모학원을 눈 앞에 두고 있었다.

분명 숲에 있었는데…….

아무리 멀리 가보려 해도 결국은 제자리로 돌아왔다. 버석하고 희끄무레한 새벽빛이 조용히 눈송이 사이에 서 있는 성모학원을 비췄다. 아직 내가 이곳에서 해야 할 일이 있다는 깃처럼.

이제야 밀려오는 둔탁한 통증에 신음 소리를 내며 얼굴을 다시 눈밭에 묻었다.

'일어나고 싶지 않아. 차라리.'

양옆으로 빼곡하게 들어찬 이 무덤들에 있는 이들처럼 이미 죽어서 묻혀 있는 기분이었다.

그냥 죽고 싶었다. 그게 나을 것 같았다. 하지만 내 숨결을 따라 하얀 입김이 위로 올라갔다. 아직 너는 그럴 수 없다고 누군가 말하는 것 같았다.

인정해야 했다. 다시 돌아왔다는 걸.

나는 숲에서 정신을 잃기 전에 들었던 목소리를 떠올렸다. 이곳은 본디 지옥이라, 그렇다면 그들이 왜 지옥에 떨어졌는지 알아야 하지 않겠어?

숲은 나를 다시 꾸역꾸역 지옥도 속으로 되돌려놓았다. 이물질이라도 뱉어놓는 것처럼 이곳으로 데려다 놓았다.

아마 이곳을 빠져나가려고 했던 다른 학원생들도 겪은 일일 것이다. 그렇기에 이곳에 이렇게 무거운 체념과 절망이 깃들어 있는 것이다. 절대 자신의 힘으로는 구원에 다다를 수 없으니까.

겨울은 다시 찾아온다. 제아무리 더운 여름이 극성을 부려도 그것은 겨울의 그림자에 지나지 않는다. 작열하는 태양 아래서도 이곳 아이들은 눈이 내릴 겨울을 떠올릴 수밖에 없었다.

처음도 끝도 없는 영원한 굴레.

"처음도 끝도 없는……."

나는 내 처음에 대해서 떠올렸다.

성모학원에 오기 전에도 나는 이곳을 알고 있었다. 심지어는 아주 오랫동안 이곳을 보아왔다. 성모학원의 모든 복도를 다니고 창문의 개수를 세고 눈을 감고 기도를 하는 아이들의 얼굴 면면을 뜯어보고 그 안에 흐르는 오래된 백합의 향기를 수도 없이 맡았다.

그러다가 죽었지.

숲속에서 보았던 환각이 떠올랐다. 눈밭에 쓰러져 있던 소녀와 내 손에 묻어 있던 새빨간 피.

그것이 내가 죽었다는 증거였을까? 정말로 그런 일이 있었던 것일까? 아니라면 이 숲이 내게 보여준 환각의 한 자락일까……. 하지만 너무나 생생한 그 감각과 냄새와 열기는, 나의 것이 아니라면 이상할 정도였다.

'내가 정말로 사람을…….'

그 생각은 저 앞에서 들려온 목소리에 끊겼다.

"마리아."

고개를 들자 먼발치에 큰 마리아가 서 있었다.

눈이 이렇게나 내리는데 겉옷도 입지 않고 늘 하나로 묶은 머리도 길게 풀어헤친 채로. 차가운 겨울바람에 큰 마리아의 머리칼이 범선의 돛저럼 나부꼈다.

큰 마리아는 왜 이러고 나와 있는 걸까? 빤히 들여다봤지만 정확히 알 수 없었다. 큰 마리아의 얼굴에는 딱 잘라 말하기 어려운 감정이 담겨 있었다.

환희, 기쁨과 함께 지긋지긋함과 낙담이 동시에 섞여 있는 것만 같았다. 그 모든 감정이 합쳐져서 우울한 회색으로 빛났다.

이곳이 배라면 아마 큰 마리아는 그 배가 가라앉는 걸 알면서도 모른 척하는 손님일 것이다. 천천히 물이 차는 것을 알면서도 누구에게도 알리지 않고 자신의 짐을 챙기지도 않는, 그런 손님.

"찾았잖아."

나는 큰 마리아가 나에게 왜 이런 말을 하는 건지 알 수 없었다.

왜 나에게 자신의 이름을 주었는지, 왜 자신을 믿으라고 했는지, 왜 나를 찾았는지.

아니, 알고 싶지 않았다. 감당할 수 없는 버거운 대답이 튀어나올지 몰라 두려웠다.

새카만 두 개의 눈동자가 나를 직시했다.

"내가…… 내가 여기에 있는 건 어떻게 알았어?"

겨우 입에서 나온 건 이런 말뿐이었다. 큰 마리아는 대답도 없이 나를 일으켰다. 내 뺨에 스친 큰 마리아의 옷깃은 차가웠다.

"숲속에서 돌아오는 길은 몇 개 없거든. 그리고 대부분 이쪽으로 돌아오지."

"……돌아온다고?"

"저 안의 아이들 무리가 쫓아낸 게 너 하나뿐일 거라고 생각해?"

큰 마리아의 말은 무척이나 담담했다.

"물론 살아서 돌아온 사람은 너 하나뿐이지만."

"뭐라고?"

내가 되물었다. 큰 마리아는 직접 보라는 것처럼 주변의 무덤들을 한번 휘둘러보았다. 그 시선을 따라 나도 주변을 보았다. 사방으로 서 있는 십자가들이 보였다.

"이 무덤들이…….."

"응, 숲이 아이들을 내뱉어놓으면 그대로 여기에 묻었거든. 멀리 끌고 갈 수도 없으니까."

차가운 안개가 죽은 이들이 뿜어내는 서늘한 기운처럼 느껴졌다.

"하지만 넌 살아서 돌아왔네, 마리아."

"지금 그게 중요해? 저들은 이미 나를 한번 숲으로 내쫓았어. 다시 학원으로 돌아간다 해도 똑같이 그럴 거라고!"

온몸의 힘을 짜내 외쳤다. 하지만 큰 마리아는 그저 토닥이듯 미소를 한번 지을 뿐이었다.

"마리아, 봐봐. 눈이 내리고 있어."

"그게 뭐……."

"신실한 마르다가 추수당했다는 소문이 퍼졌거든. 그래서 다른 아이들은 모두 배불리 먹고 안심한 채로 깊은 잠에 빠져 있어."

"마르다……."

나는 예배당에서 마지막으로 보았던 마르다의 모습을 떠올렸다.

그 애의 머리 위로 쌓이던 흰 눈. 바닥에 표식처럼 떨어지던 그 눈송이.

나는 퍼뜩 하늘을 올려다보았다. 그걸 본 큰 마리아가 희미하게 웃었다.

"그래, 정말로 마르다가 추수당한 거라면 추수의 기간은 끝나고 눈도 이미 그쳤어야 해."

그런데도 비웃는 것처럼 눈은 계속 내리고 있었다. 추수로도 모자라 이 모든 걸 집어삼키려는 것처럼.

나는 멍하니 다른 말을 꺼냈다.

"아녜스가 말했어. 내가 어디서 왔는지, 나의 처음이 어딘지 생각해보라고."

큰 마리아의 눈썹이 살짝 찌푸려졌다.

"아네스가 그런 말을 했다고?"

"응. 그런데 생각나지 않았어. 내가 어떻게 이곳에 오게 된 건지, 내 진짜 이름이 뭐였는지도."

"그게 중요해?"

"뭐라고?"

"너에게는 내가 준 이름이 있잖아. 그거 말고 다른 이름이 또 필요한가?"

큰 마리아 그리고 그 이름을 딴 작은 마리아.

그런데 왜 내가 큰 마리아의 이름을 따르게 되었더라? 분명 그때 원장수녀님이 뭐라고 했던 것 같은데.

"다른 건 기억나지 않아?"

큰 마리아가 뭔가 기대하는 듯이 물었다. 내가 천천히 입을 열었다.

"……네가 그랬지. 이곳에서 믿을 수 있는 사람은 너뿐이라고."

큰 마리아가 입술을 살짝 들어 올렸다. 나를 향해 눈을 번쩍이며.

"그래, 그렇게 말했었지. 앞으로도 그럴 거야. 이곳에서 네가 믿을 수 있는 사람은 오로지 나뿐일 테지."

나는 등 뒤에 숨긴 작고 단단하고 날카로운 나뭇가지의

끝을 한번 매만졌다. 힘을 주어 휘두르면 충분히 여린 피부를 뚫고 파고들 만큼 뾰족했다.

큰 마리아가 과연 내 말을 듣고서도 저렇게 아무렇지 않은 표정을 지을 수 있을까.

"숲에서 기억난 게 하나 있어."

"뭔데?"

"……어쩌면 나, 이곳에서 사람을 죽였는지도 몰라."

그리고 동시에 나는 있는 힘껏 재빠르게 나뭇가지의 날카로운 끝으로 내찔렀다.

푸욱.

생경한 감각이 손끝에서부터 전해져왔다.

큰 마리아의 새하얀 목덜미를 타고 내리는 붉은 핏방울. 그리고 더욱 안으로 파고드는 나뭇가지 끝.

울렁이는 목울대와 두근거리는 심장의 박동 소리가 고스란히 나에게로 전해졌다.

"왜……."

오히려 놀란 것은 내 쪽이었다.

큰 마리아는 피하지도 않았다. 나를 쳐다보는 시선은 흔들림이 없었다.

"아!"

나는 나뭇가지를 손에서 놓은 채, 뒤로 천천히 몸을 뺐다. 내 손을 떠난 나뭇가지가 큰 마리아의 목에 박힌 채 바르르 떨렸다.

큰 마리아 역시 나에게 반격할 거라 생각했다. 아니, 오히려 큰 마리아가 그렇게 나오길 바랐다. 그래야만 나를 이곳에 데려온, 이 끔찍한 성모학원 안에서 내가 잡을 수 있는 유일한 동아줄이었던 큰 마리아를 마음껏 미워할 수 있었으니까.

큰 마리아가 아니었다면 나는 이미 모든 것을 다 포기했을 것이다. 추수의 기간에 가장 먼저 천사에게 추수당하기를 기도하고 있었을지도. 어쩌면 그게 더 나았을지도 모른다. 이렇게 끝의 끝까지 밀려온 것보다, 보고 싶지 않은 진실들이 다 드러난 것보다 그저 성모학원의 학원생 중 하나로 사라지는 것이 더 행복했을 것이었다.

하지만 큰 마리아는 그러지 않았다. 피하지도 않고 나를 마주 보았다. 큰 마리아가 기도 차지 않는다는 듯 웃었다.

"그래서 나도 죽이려고 한 거야? 겨우 그 정도 마음으로?"

큰 마리아가 목에 꽂힌 나뭇가지를 빼서 바닥에 내던져버렸다. 흘러내리는 새빨간 피가 붉은 장신구처럼 보였다.

"어때?"

큰 마리아가 아무렇지도 않은 목소리로 물었다. 새하얗게 질린 쪽은 오히려 나였다.

"뭐가…… 뭐가 어떠냐니……."

"해보니까 어떠냐고. 사실 너 정말로 날 죽일 생각도 없었잖아. 그런 안일한 마음가짐으로 쉽게 죽을 것 같아?"

큰 마리아가 피에 젖은 나뭇가지를 지그시 밟았다.

나뭇가지가 기괴한 소리를 내며 큰 마리아의 발아래서 부러졌다.

"정말로 죽이고 싶었어? 지금도…… 그리고 그때도?"

지금은 알겠는데, 그때라니? 나도 모르게 입이 벌어지고 눈동자가 화들짝 커졌다.

큰 마리아가 천천히 내 귓가에 속삭였다.

"아니, 넌 한 번도 그런 적 없어. 지금도 죽이지 못하잖아. 넌 한 번도 이들을 죽이고 싶어 한 적이 없었어. 그게 네가 짊어져야 할 죗값이었지."

"무슨 말이야?"

단 한 문장도 해석할 수가 없었다. 거기엔 과거와 현재, 미래가 한꺼번에 섞여 있었고, 어디까지가 과거고 현재이고 미래인지 알 수 없었다.

큰 마리아가 입술을 끌어 올리곤 미소 지었다.

"잘 생각해봐. 정말로, 단 한 번이라도 네가 진짜로 원하는 게 무엇이었는지. 난 그것을 이뤄주기 위해 여기에 왔어."

큰 마리아의 호박색 눈동자 뒤에 화락, 불이 지펴지는 것만 같았다. 일렁이는 눈에 비친 내 그림자까지 태워버리려는 듯 점점 크게 부풀어 올랐다.

나를 바라보는 불길. 어디선가 본 듯한……

날카로운 파편들이 튀어 오르며 내 기억을 헤집어놓았다.

"그럼 너는 왜……."

너는 왜 나를 이런 곳에서 기다리고.

왜 내가 원하는 것을 이뤄준다고 하고.

그러나 내가 묻는 것보다 큰 마리아의 동작이 더 빨랐다.

큰 마리아의 손이 아네스가 낸 내 뺨의 상처로 향했다. 그러곤 상처에 겨우 붙은 딱지를 잡아 뜯었다. 얼굴을 베어내는 것 같은 통증에 머리까지 저릿할 정도였다.

"악!"

저절로 소리가 터져 나왔다. 하지만 내 비명은 짙은 안개에 삼켜졌는지 울려 퍼지지 않았다. 상처 위로 다시 한번 피가 흘렀다.

"뭐, 뭐 하는 짓이야!"

너무 놀라 큰 마리아의 손에서 벗어나려고 물러섰지만 도망갈 생각은 들지 않았다. 그녀 앞에선 모든 게 역부족처럼 느껴졌다.

큰 마리아가 양손으로 내 뺨을 움켜잡고는 자신 쪽으로 돌렸다.

우리를 감싸고 있는 차가운 공기가 흔들렸다.

짙은 안개. 그 사이로 고개를 내밀고 있는 죽은 자들의 머리통. 발아래 짓이겨진 눈 그리고 나를 바라보는 끝없는 검은 눈동자.

그 눈동자가 나에게 뭔가를 속삭이고 있었다. 너는 알고 있지 않느냐는 듯.

나는 큰 마리아의 길게 빠진 눈썹 끝에 서리가 내려앉은 새하얀 얼굴을 처연하게 바라보았다. 가느다란 선을 그린 입술은 조각상처럼 다물려 있었다.

아무 말도 없는 침묵이 오히려 더 많은 말을 전했다. 말로는 할 수 없는 이야기들이 짙은 안개와 고요에 실려 왔다. 그러나 나에게 그 이야기들은 읽어낼 수 없는 타국의 문자들, 단 한 줄도 건져낼 수 없는 말이었다.

"네가 하지 못하면 나도 할 수 없어. 그것만큼은 알아둬."

큰 마리아의 손이 천천히 내 뺨을 훑었다. 그 손가락에 선연하게 묻은 붉은 피는 나의 것이었다.

큰 마리아의 새빨간 혀가 그것을 핥았다.

* * *

펄럭, 펄럭⋯⋯.

아직 동이 트려면 먼 깊은 새벽의 어둠 속에서 커튼이 흔들렸다.

가장 먼저 일어난 학원생이 멍하니 그것을 바라보았다. 창문이 열려 있을 리는 없었다. 분명 매일 밤 창문을 하나씩 확인하니까. 창문을 열어둔 채 잠들 수는 없으니까.

하지만 분명히 열린 창문의 틈으로 불어온 바람에 커튼이 흔들리고 있었다.

"그럴 수가 없는데……."

학원생이 손등으로 눈을 비비고서 다시 고개를 들었다. 그 눈앞에 누군가 서 있었다.

그림자의 발치 아래로 하얀 눈송이가 날렸다.

"안녕."

그림자에게서 익숙한 목소리가 흘러나왔다. 함께 몇 년이나 지냈기에 그 목소리가 누구의 것인지 금방 알아챌 수밖에 없었다.

그 목소리는 지금 여기에 있을 수 없는 자의 목소리기도 했다.

"어, 어떻게……."

이런 일에 대해서는 들어본 적도 없었다. 학원생의 얼굴에 충격이 퍼졌다. 믿을 수 없다는 표정이었다.

열린 창문, 흔들리는 커튼을 배경으로 그 앞에 서 있던 실루엣이 이쪽으로 한 걸음 더 걸어왔다.

"뭘 그렇게 놀라?"

장난스러운 웃음기가 섞인 목소리.

성모학원의 사람들에게선 볼 수 없는 환한 미소였다. 그렇기에 훨씬 더 이질적이었다.

"마, 마르다……."

학원생의 입에서 그 이름이 흘러나왔다.

이곳에 있어서는 안 되는 사람.

"희!"

짧은 비명이 학원생의 입에서 흘러나왔다. 뒤로 물러서서 도망치려고 했지만 차가운 손가락이 학원생의 손목을 아주 단단하게 옭아맸다.

"나야, 마르다. 우리 3년이나 여기서 함께 지냈잖아. 그런데…… 뭘 그렇게 놀라."

마르다의 얼굴이 시야 가득 들어왔다.

마르다가 기묘한 함박웃음을 지었다.

"귀신이라도 본 것처럼?"

"그, 그러니까 어떻게……."

"뭘 어떻게?"

마르다의 커다란 눈동자가 섬찟한 빛으로 번뜩였다. 그걸 보고도 '넌 추수당했잖아'라고 말할 수 있는 사람은 없을 것이다. 손목을 감싸는 차가운 감촉이 느껴졌다.

"중요한 건 '내가 어떻게'가 아니야. '저들'을 '우리'가 어떻게 할 것이냐지."

마르다의 말을 이해하지 못한 학원생이 눈을 깜박였다. 마르다가 다시 한번 웃었다.

"이제 내가 보여줄게. 우리가 뭘 해야 하는지."

학원생의 손을 잡고 마르다가 춤추듯이 움직였다.

마르다가 학원생을 끌고는 기숙사로 올라갔다. 엄청나게 빠른 속도로 계단을 올랐다.

"잠깐, 잠깐만⋯⋯!"

손목을 잡힌 학원생이 숨을 헐떡이며 넘어졌다.

그러나 마르다는 멈추지 않았다. 믿을 수 없는 괴력으로 넘어진 학원생을 계단 위로 질질 끌고 올라갔다. 사람의 몸이 계단에 부딪히는 소리, 학원생이 울부짖는 소리, 마르다가 계단을 뛰어 올라가는 소리가 기숙사 복도를 울렸다.

그 소리에 잠에서 깬 학원생들이 문을 열고 밖으로 나왔다.

복도 끝의 두 소녀. 서 있는 하나가 죽은 듯이 드러누운 하나의 팔을 붙잡아 끌며 다가오고 있었다. 눈앞에 펼쳐진 광경에 누구도 입 밖으로 말을 꺼내지 못했다.

"다들 일어나, 일어나라고!"

마르다가 잔뜩 상기된 목소리로 외쳤다. 어떤 흥분에 사로잡힌 것처럼.

그 모습을 본 학원생들이 서 있는 하나가 누군지를 확인했고, 그제야 겁에 질린 목소리로 저마다 중얼거렸다.

"마르다야, 마르다잖아."

"추수당했다고 하지 않았어? 그런데 어째서⋯⋯."

"다시 돌아온 거야? 그럼 이제 우리는 어떻게 해?"

아이들 사이에서 공포감이 퍼지는 것을 알아챈 마르다가 우뚝 멈춰 복도에 늘어선 아이들을 노려보았다. 마르다에게 손목을 붙잡힌 학원생의 몸은 이미 여기저기 멍 자국과 상처가 나 있었다. 마르다가 학원생의 손을 휙 내던졌다. 그러곤 세차게 발길질을 해 계단으로 밀어버렸다.

쿵쿵, 하는 커다란 소리와 함께 학원생이 바닥으로 쓰러졌다. 마르다가 그보다 더 커다랗게 외쳤다.

"애들아, 우리 가야 해!"

그 목소리에는 기묘한 감정이 감돌았다. 들뜬 불안감. 그것이 마르다의 얼굴과 목소리에 깃들어 있었다.

"어딜, 어딜 간다는 말이야, 마르다?"

처음으로 무언가를 물은 건 요한나였다. 마르다가 생글생글 웃으며 대답했다.

"내가 여기까지 돌아온 이유야. 지금부터 행해야지. 다들 좋아했지? 내가 없어졌을 때 말이야."

마르다의 말에 다른 학원생들이 시선을 돌렸다.

"다들 '아, 이제는 됐어, 내가 추수당할 일은 없겠구나' 하고 좋아했을 것 아냐. 이번에는 또 얼마나 맛있는 걸 성찬으로 먹었을까?"

"……그럼 추수당한 게 아니야?"

요한나의 뒤에 서 있던 유디트가 고개를 빼고 조심스레 물었다.

마르다의 미소가 한층 더 짙어졌다.

"지금부터 말해줄게. 우리가 해야 할 일이 무엇인지도 말이야."

* * *

"원장수녀님, 원장수녀님!"

허둥거리는 베로니카의 목소리가 원장수녀의 침실 안을 요란하게 울렸다.

살을 에는 산속의 추위를 막기 위한 두꺼운 커튼이 원장수녀의 침대 주변을 둘러싸고 있었다. 바닥에는 언제 제대로 읽었는지 기억도 나지 않는 성경책과 먹다 만 과일들이 어지럽게 널려 있었다. 과일은 맛만 본 건지 한 입씩만 베어져 있었다.

너저분한 것은 식탁 위도 마찬가지였다. 와인이 가득 차있는 와인 잔에는 어디 매달려 있다 떨어진 건지 거미가 한마리 빠져 있었고, 옆으로는 접시 가득 닭 요리가 손도 대지 않은 채 그대로 식어가고 있었다. 먹을 것들이 쌓이고 쌓여 방치된 이곳은 멀건 국으로 끼니를 때워야 하는 아이들의 식당과는 대조적이었다.

"원장수녀님, 일어나셔야 합니다!"

베로니카와 함께 들어온 유안이 서둘러 커튼을 걷었다. 호화스러운 잠옷을 입은 채 부드러운 이불에 싸여 있던 원장수녀가 겨우 몸을 일으켰다.

"침실에서는 시끄러운 소리 내지 말라고 했을 텐데?"

말은 명료했지만 그뿐이었다. 원장수녀는 어제 뭘 한 건지 술 냄새가 나는 몸을 제대로 움직이지도 못하더니 바닥으로 고꾸라져버렸다.

"베로니카! 대체 뭘 하고 있는 기야!"

바닥에 쓰러진 원장수녀가 새된 목소리로 베로니카를 불렀다. 그러나 그것도 잠깐이었다. 침실로 다가오는 저벅거리는 발소리들이 위협적으로 바깥 복도를 울렸다. 그리고 그 소리는 금세 정체를 드러냈다.

"뭐, 뭐야?"

침실 안을 들여다보는 수십 개의 눈동자에 원장수녀가 놀라 힉, 하고 숨을 들이켰다.

"지금 뭐 하는 짓이야! 어째서 너희들이 이곳 수녀원에 와 있는 거지? 학원생들은 수녀원에 들어올 수 없다는 걸 몰라?"

학원생들은 제 발로 들어섰다기보다 좁은 문으로 밀려들었다. 뒤에서 밀어대니까 어쩔 수 없이 들어선 모양새였다. 한눈에 보아도 복도에 얼마나 많은 학원생들이 꾸역꾸역 몰려 있는지 짐작됐다.

원장수녀의 침실로 들어온 학원생들의 표정은 하나같이 딱딱하게 굳어 있었다. 두려워하거나 망설이는 기색은 전혀 없었다. 원장수녀를 대할 때의 경외도, 일말의 상례도 엿보이지 않았다. 그저 나무나 돌을 보는 것처럼 굳어 있었다. 그리고 모두 같은 것을 보고 있었다.

학원생들이 무엇을 발견한 건지 그제야 원장수녀도 알아차렸다.

"우리에게는 아무것도 말라고, 음식을 탐하는 것은 죄를 쌓는 일이라고 하더니."

"가장 성심이 없는 자들이 바로 이들이었잖아!"

수녀들은 1년 내내 학원생들에게 지독하게 일을 시켰다. 그 강도는 이루 말로 표현하기 어려울 만큼 고되었다. 수녀들은 언제나 그렇게 시켜 먹어도 되는 것처럼 굴었다. 노동역시 기도 못지않게 성심의 가치를 깨닫는 일 중 하나라 강조하면서.

물론 수녀들은 손에 흙을 묻히는 일이 거의 없었다. 일하다가 아파서 쓰러지는 학원생이 있으면 다시 일으켜 세워놓았을 뿐이었다. 일 고되어 달아나 숨어 있는 학원생이 있으면 잡아다가 원래 있던 자리로 던져놓았을 뿐이었다. 제대로 일하지 않는 자들은 먹을 가치도 없다면서 굶기기를 다반사로 했다. 누구 하나 빠짐없이 겨울까지 살아남기 위해서는 혹독하게 일해야만 한다는 게 철칙이었다.

모든 건 추수의 기간을 대비한다는 명목이었지만 정작 추수의 기간이 시작된다 해도 학원생들은 배부르게 먹을 수 없었다. 그나마 추수당하는 아이가 나오는 날, 그날 하루 저녁이 유일하게 배불리 먹을 수 있는 날이었다.

"우리에게는 그렇게 말해놓고……."

학원생들은 드디어 알아차렸다. 그렇게 고생해 생산한 나머지 식량들이 전부 어디로 갔는지. 학원생들의 번득이는 시신이 주저앉은 채 일어나지 못하는 원장수녀와 다른 두 수녀에게 향했다.

"우리에게 성심을 말할 동안, 당신들은 여기서 배불리 먹고 있었던 거야?"

"아, 아니야! 우리는 아니라고! 원장수녀님께서 전부 다……!"

학원생들 한 무리에 둘러싸인 유안이 뭐라고 소리치려고 했지만 뒤에 선 학원생 중 하나가 그녀의 등을 세게 내리쳤다. 유안은 컥, 하는 단말마의 소리를 내지르며 앞으로 고꾸라졌다.

"용서할 수 없어, 용서할 수 없어!"

"어떻게……!"

원장수녀가 달아나려는 듯 바닥을 손바닥으로 밀었다. 하지만 다리를 제대로 쓸 수 없으니 도망치는 건 무리였다.

"왜 갑자기……."

베로니카가 영문을 모르겠다는 것처럼 중얼거렸다. 갑자기 왜 학원생들이 이런 행동을 하는지 알 수 없었다.

지금까지 한 번도 학원생들은 수녀들의 말을 거역한 적이 없었다. 암묵적으로 합의된 관계였다. 학원생들도 관리자인 수녀들이 어느 정도 편의를 누리고 있다는 것을 알고 있었다. 대신 학원생들도 수녀들의 보호와 질서 아래 모종의 안도감을 느껴왔다.

지금까지는 이전의 다른 겨울과 다를 게 없었다. 그런데 갑자기 이들이 왜!

유안을 포로처럼 붙잡은 학원생들 앞으로 누군가가 나섰다.

"······마르다?"

베로니카의 눈이 커졌다. 신실한 마르다가 추수당했다는 건 베로니카도 들어서 잘 알고 있었다.

"네가, 네가 어떻게······?"

베로니카가 겁에 질려 중얼거리자 마르다가 보라는 듯 빤히 웃었다.

"이미 추수당했어야 할 내가 왜 여기에 있는지 궁금하세요?"

마르다가 고개를 바짝 들고 가운데로 한 발짝 더 나섰다.

마르다를 확인한 원장수녀가 놀라 몸을 바들바들 떨었다.

"너! 너! 어떻게 살아있을 수 있지? 천사들이 너를 추수했을 텐데!"

마르다가 원장수녀를 향해 느긋하게 다가갔다. 원장수녀의 회색 눈은 그야말로 겁에 질려 마구 떨렸다.

"그랬죠. 그것도 원장수녀님이 직접 그렇게 만드셨고요."

베로니카가 그게 무슨 뜻이냐는 듯 마르다를 쳐다보았다. 마르다가 피식 웃었다.

"그 와중에 베로니카 수녀님에게는 아무 말도 해주지 않았던 모양이군요, 원장수녀님. 혹시라도 이렇게 무슨 일이 생기면 베로니카 수녀님에게 모든 일을 나 덮어씌우려고요?"

"원, 원장수녀님⋯⋯! 이게 대체 무슨 소리입니까?"

베로니카가 물었지만 원장수녀에게는 들리지 않는 것 같았다. 원장수녀의 회색 눈동자는 자기 앞에 고개를 쳐들고 당당하게 선 마르다를 멍하니 쳐다보고 있을 뿐이었다.

"아니야, 아니야. 그럴 수 없어. 지금까지 우리가 정한 제물들은 전부 천사들이 추수했는데! 왜 너만?"

엉겁결에 나온 그 말에 베로니카의 얼굴이 하얗게 질렸다. 베로니카의 눈이 원장수녀와 유안 수녀를 번갈아 노려보았다.

우리가 정한 제물.

그 말뜻은 지금까지 추수당한 아이들을 원장수녀가 직접 골랐다는 것을 의미했다.

쭉정이는 불에 떨어지고 신실한 알곡들만이 남는다고 그렇게 입이 닳도록 말했건만, 정작 추수의 가장 중요한 거름망은 신실함이 아니라 원장수녀의 선택이었던 것이다.

원장수녀의 말에 마르다가 잘 보라는 듯 손짓하며 뒤돌

았다.

뒤에 몰려와 있는 학원생들이 일제히 고개를 끄덕였다. 이미 유안 수녀는 학원생들이 가져온 줄에 사지가 묶여 있었다. 기숙사 창문에 걸어둔 커튼을 잘라 만든 줄이었다.

"지금까지 몇 명이나 이렇게 죽었나요?"

마르다가 성큼 다가와 원장수녀의 얼굴에 자신의 얼굴을 들이댔다.

"추수의 기간이 되면 맘에 들지 않았던 아이를 선발해 일부러 천사들에게 먹잇감으로 던진 것 말이에요. 대체 몇 명이나 그렇게 보냈던 거냐고요!"

마르다의 목소리는 점차 커졌다. 원장수녀가 그런 마르다를 가소롭다는 듯 노려보았다.

"이미 죽었어야 할 것이! 어쩌다 지금까지 살아남아 말이 많구나!"

원장수녀가 마르다를 향해 손을 뻗었다. 부들부들 손끝이 떨렸다.

"신실하다고? 네가? 이 안에 있는 그 누구도 신실하지 못해! 어디서 신실함을 입에 담아, 감히!"

원장수녀의 호통에 학원생들의 분위기가 더 차갑게 가라앉았다. 베로니카가 어쩔 줄 몰라 바닥에 나앉은 원장수녀의 어깨에 손을 얹었다. 이제 그만하라는 듯.

"원장수녀님."

마르다가 침까지 흘리며 분노에 휩싸인 원장수녀를 내려다보았다.

"그런 잘못된 믿음을 심어준 건 너잖아. 네가 우리에게 뭐라고 할 자격이 있어?"

그리고 순간 눈을 번뜩이며 차갑게 속삭였다.

"성모님의 선택이 어쩌고 신실함이 어쩌고. 그렇게 말했지만 사실은 너희들도 두려웠던 거지?"

베일 듯 날카로운 말투로. 마르다는 계속해서 원장수녀를 몰아붙였다.

"천사들이 언제 마음을 바꿔서 너희들도 추수해버릴지 몰랐으니까 그 전에 미리 마음에 들지 않는 학원생을 골라 천사에게 바쳤던 거야. 물론 굳이 그렇지 않은 때도 있었지. 그런 해는 천사들이 유독 빨리 제물을 골라 추수를 했던 때였고. 어차피 다른 아이들은 누가 추수를 당해도 개의치 않아 했으니까."

"그래! 누가 죽어도 상관없잖아! 어차피 결국 너희들도 차례로 똑같이 죽게 될 텐데!"

원장수녀가 평정을 잃은 듯 흥분해 소리쳤다.

마르다가 피식 웃었다.

"날 눈밭으로 끌고 갔을 때와는 좀 다른 얘기네. 그때는 이렇게 말했잖아."

원장수녀의 목소리를 흉내 내며 마르다가 말했다.

"네가 너무 신실해서, 그래서 우리가 밀려날까 봐 너를 제물로 삼는 거다. 그러니까 그렇게 유별나게 굴지 말았어야지, 멍청한 것."

자신의 목소리를 과장되게 따라 하는 마르다를 보고 원장수녀의 얼굴이 시퍼렇게 질렸다.

"하지만 신실한 나는 천사들이 추수하지 않았어. 밖을 봐. 나는 죽지 않았고 눈은 계속해서 내리고 있어. 이것보다도 더 확실한 성모님의 뜻이 어디 있겠어?"

마르다의 말이 떨어지자마자 학원생 하나가 창문의 커튼을 확 걷어냈다.

창밖에서 커다란 눈송이들이 휘날리는 풍경이 원장수녀의 회색빛 눈동자에 비쳤다. 원장수녀의 얼굴이 눈송이에 파묻힌 듯 얼어붙었다.

"왜……? 왜, 어째서? 이제 와서?"

원장수녀가 덜덜 떨리는 목소리로 중얼거렸다. 배신을 당한 자가 배신자를 원망하는 모습 같았다.

"그동안 계시를 내려달라고 기도해도 아무런 흔적도 남기지 않던 천사들이! 왜! 이제 와서! 이럴 순 없어, 없다고!"

"그렇게 되고 말았어. 네가 어떻게 생각하든 말이야. 나를 봐. 죽지 않았잖아. 천사들이 나를 피해 갔어. 진짜 신실함이 증명된 거라고. 알겠어?"

"아니야, 그럴 수 없어. 천사들이, 성모께서! 우리를 이곳의 관리자로 삼았다고!"

"그럼 이제 천사들이 너희의 신실함을 얼마나 지극히 여기는지 직접 증명할 차례겠지."

뒤에 신 흰 무리의 학원생들이 쓰러져 있는 원장수녀를 향해 다가왔다. 그중에는 요한나도 있었다. 그들의 손에는 유안을 묶은 줄이 들려 있었다.

"뭐, 뭘 하려고……!"

겁에 질린 원장수녀의 목소리에 마르다가 피식, 웃었다.

"왜? 나를 천사들에게 건네줄 때 내가 어떤 기분이었을지는 몰랐던 모양이지?"

"감히 나를 내보내겠다고?"

"그러면 안 되는 건가? 하지만 안심해. 천사들이 신실한 나를 추수하지 않았잖아. 지금까지 주장한 것처럼 너희들도 정말 신실한 마음을 가지고 있다면 추수당하지 않을 테니까."

마르다가 고개를 끄덕였다. 그러자 뒤에 있던 요한나가 끈으로 원장수녀를 움직이지 못하게 묶었다.

꿰에엑!

돼지가 울어대는 듯한 소리가 났다. 요한나의 뒤에 있던 유디트가 얼른 더러운 가재 수건을 원장수녀의 입에 들이밀었다. 우는 소리가 안으로 말려들어 사라졌다. 먼저 묶여 있던 유안 역시 마찬가지였다.

"어떻게 하실래요?"

마르다가 베로니카를 향해 물었다. 당신도 추하게 저항하 겠냐는 비아냥이었다. 베로니카도 모를 리 없었다. 저항해도 소용없을 거였다. 이미 수십 명의 아이들이 문 바깥에 서 있 었으니까.

그들은 조용히 입을 다문 채 화려하게 꾸며진 원장수녀의 방을 이리저리 흘깃거리며 보았다.

원장수녀가 이렇게 방을 꾸밀 수 있던 것, 이렇게 풍족하 게 음식을 먹을 수 있던 것 모두 학원생들의 피나는 노력이 있었기 때문이다. 그러면서도 지금까지 맘에 들지 않는 학 원생들을 천사들에게 제물처럼 바치며 성모학원을 유지해 온 것이다. 그들이 그렇게 강조한 성심은 아무짝에도 쓸모 없는 것이었다.

베로니카가 입을 다문 채 아이들이 끌고 가는 원장수녀와 유안 수녀의 뒤를 따랐다. 어차피 이곳에서 자신의 말을 들 어줄 사람은 아무도 없다는 걸 잘 알고 있었다.

"이러고도 너희들이 이번 추수의 기간을 보낼 수 있을 것 같아!"

몸부림을 쳐 가재 수건을 풀어낸 유안이 악에 받쳐 소리 를 질렀다. 하지만 학원생 중 어느 누구도 그 말에 반응하지 않았다.

"혹시 지금까지 한 번이라도 우리 생각을 해본 적 있어?"

마르다가 유안에게 물었다.

"그냥 너희의 신실함을 테스트해보는 거라고 생각하면 되잖아. 뭐가 문제야? 내가 살아 돌아왔듯이, 너희도 신실함이 넘친다면 천사들이 추수하지 않겠지."

마르다가 다시 유안의 입을 막았고 몇몇 학원생들이 조롱하듯 웃었다.

마르다는 어제 자신이 끌려왔던 곳으로 원장수녀와 나머지 두 수녀를 이끌었다.

"이곳. 여기."

신실함으로 빛나던 마르다의 눈빛은 이제 자신을 죽음으로 내몰았던 이들에 대한 복수심으로 들끓고 있었다.

"봐, 아직 추수의 기간이 끝나지 않았잖아."

베로니카가 떨리는 눈빛으로 쏟아져 내리는 눈송이를 보았다.

희끄무레한 하늘, 대답 대신 내리는 눈. 그 모든 게 숲과 성모학원을 묻어버릴 정도로 거세고 무거웠다.

"천사들이 너희를 추수하지 않는다 해도, 이곳에서 살아남을 수는 없겠지."

마르다가 묵직한 저음으로 원장수녀의 귀에 속삭였다. 원장수녀의 회색 눈동자가 마르다를 쳐다보았다.

"그동안 누구 덕분에 이렇게 잘 처먹고 살았는지 고마워하고 회개하는 시간을 가지길 바랄게. 그게 너희가 좋아하는 거였잖아. 신실한 마음으로 성모께 나아갈 수 있도록 회개하라. 하지만 지은 죄가 너무 많으니 아마 성모님께서도 너희들을 쉽게 용서해주진 않으실 거야."

그 말을 마지막으로 마르다가 몸을 돌렸다.

뒤에 선 다른 학원생들도 눈밭에 반쯤 쓰러져 있는 원장수녀를 향해 침을 뱉고는 성모학원 안으로 다시 들어갔다.

"이, 이⋯⋯!"

꺽꺽거리는 원장수녀의 목소리가 이어졌지만 그 누구도 신경을 쓰는 자는 없었다.

*　*　*

"들어와!"

마르다는 학원생들을 수녀원으로 이끌었다. 먼저 들어가 있던 아이들이 뒤늦게 합류한 다른 학원생을 향해 들어오라고 손을 흔들었다.

"여긴⋯⋯ 수녀님들이 출입을 금한 곳이잖아."

문 앞에서 주저하는 학원생의 말에 마르다가 폭소를 터트렸다. 정말 우스운 말을 들었다는 듯이. 그러더니 웃음을 뚝 그치고는 소리쳤다.

"전부 거짓이라고!"

마르다가 우물쭈물하는 학원생에게 바싹 다가들었다.

"들어와서 봐. 저들이 이 안에서 얼마나 호사스럽게 살았는지! 그동안 우리에게는 절제와 가난의 미덕을 설교했던 자들이 우리가 볼 수 없는 곳에서는 뭘 하고 지냈는지!"

아직도 머뭇거리는 아이의 손을 잡아 마르다가 안쪽으로 끌고 들어왔다.

"아!"

마르다의 손에 이끌려 들어온 학원생은 방에 펼쳐진 광경을 보고는 멍한 표정을 지었다.

제단에 바칠 거라며 여름내 짰던 아름다운 레이스 식탁보가 깔린 커다란 테이블, 그 위에 놓인 화려한 접시들, 접시마다 놓여 있는 풍성한 음식, 이곳에서는 1년에 한 번 정도밖에 먹을 수 없던 달콤한 것들로 채워진 찬장, 금으로 칠해진 벽과 거기에 걸린 장식품들, 은은하게 퍼져 있는 달콤한 향기.

모든 게 성모학원과는 딴판이었다.

학원생들이 자그마한 탄성을 내뱉었다. 놀라고 신기해하던 학원생들은 곧 분노에 휩싸여 치를 떨었다.

"이건 우리가 누려야 할 당연한 것들이야. 앞으로는 저들 말에 따라서 살 필요가 없다고!"

마르다가 길고 아름다운 테이블 위를 지긋이 훑어보았다. 추수의 기간이 끝난 것을 자축하려고 했던 듯 테이블 위에는 온갖 요리들이 풍성하게 차려져 있었다. 이것들 역시 전부 성모의 제단에 올린다며 학원생들을 시켜 마련한 것들이었다.

마르다가 테이블 위에 있는 탐스러운 사과 한 알을 집어 들었다.

와삭!

새빨간 사과가 마르다의 이빨 사이에서 즙과 함께 부서져 내렸다. 그동안 성모학원에서는 한 번도 맛보지 못한 신선하고 달콤한 맛이었다.

"천사들은 밖에 던져놓은 저들을 추수할 거야! 오늘은 우리의 날이라고! 모두 그동안 누렸어야 할 것들을 누리자!"

자유와 해방을 외치는 마르다를 우러러보던 아이들이 서로를 밀치며 테이블로 몰려들었다.

학원생들은 손에 잡히는 대로 음식이며 과일들을 집어 들고는 입에 마구 집어넣었다.

한 번도 이런 기회를 가져본 적이 없었다. 한 번도 이렇게 음식을 입에 가득 차도록 넣어본 적이 없었다.

학원생들은 짐승처럼 게걸스럽게 먹어대면서도 서로 거리끼지 않았다. 지금 여기서는 이렇게 징그럽게 입에 처넣고 다 씹기도 전에 삼키는 게 당연하다는 것처럼. 그래서 우악스러운 모습을 마주 보면서도 히죽히죽 웃을 수 있었다.

쨍그랑! 쨍강!

놓여 있던 접시들이 서로 먹으려는 손길에 밀려 아래로 떨어지는 것도 신경 쓰지 않았다. 그저 누가 더 많이, 더 빨리 입에 음식을 집어넣는지 경쟁이라도 하는 것 같았다.

"비켜!"

가운데 있는 음식을 가로채려고 몇몇 학원생들이 다른 학원생들을 밀쳐냈다.

소란에 놀려는 학원생들의 눈이 남아 있는 음식들을 향해 쏠렸다.

"건드리지 마!"

"꺼져!"

양손에 음식을 쥐고도 다른 걸 먹기 위해 난동을 부렸다.

오직 먹기 위한 몸부림들은 기괴하기 짝이 없었다. 여기저기서 뻗어져 나오는 팔, 허공을 움켜쥐는 육식동물의 이빨 같은 손으로 다른 아이의 머리채를 잡아채고 허리를 잡아 밀쳐냈다. 자리를 차지하려다 접시에 얻어맞고, 희번득 눈을 빛내며 볼이 터질 것 같은데도 다른 음식을 찾는 얼굴들, 얼굴들, 얼굴들……

* * *

"대체……."

뒤늦게 수녀원에 들어와 아수라장을 목도한 큰 마리아와 나는 그 자리에 얼어붙고 말았다.

수녀들이 한쪽 구석에서 울부짖는 소리와 긴 식탁을 점령

한 학원생들의 성난 목소리가 뒤섞여 그야말로 난장판이었다. 학원생들은 우리 속으로 던져준 음식에 몰려든 짐승들, 그 이상도 이하도 아니었다.

나는 경쟁하듯 음식을 입에 가득 물고 손에 집히는 대로 주머니에 구겨 넣는 아이들을 멍하니 바라보았다.

그들 뒤로 펼쳐진 화려한 배경은 그야말로 기묘했다. 기둥과 창문틀, 천장의 조각된 부분마다 전부 금으로 칠해져 있었고, 화려한 보석으로 세공된 왕관을 쓰고 있는 성모 흉상은 상아로 만들어진 것이었다.

벽을 장식하고 있는 타일은 하나하나 전부 세밀하게 가공된 것들로 모자이크 그림을 이뤘다. 수태고지. 푸른빛 옷을 입고 있는 성모가 천사의 부름을 받아 응답하는 그 순간. 모자이크 그림 속에서 마주친 둘의 시선 그리고 둘의 머리 위에 떠 있는 둥근 테는 금빛으로 빛나고 있었다.

신성해야 할 수태고지는 이상하게도 형용할 수 없는 다른 욕망으로 번뜩였다. 오히려 악마의 속삭임에 넘어가는 순간처럼 보였다.

높은 천장에서 내려온 샹들리에는 수정으로 반짝였고 그 아래 펼쳐진 테이블은 묵직한 나무로 만들어져 있었다.

이런 곳에서, 악에 받친 손들이 테이블 위에 놓인 기름진 음식들을 거머쥐기 위해 뻗쳐대고 있었다.

이윽고 나는 아이들 뒤에서 활짝 웃으며 지켜보고 있던

마르다와 눈이 마주쳤다.

신실한 마르다의 손에 들린 붉은 사과가 반짝거리며 빛
났다.

"아⋯⋯."

높은 곳에 있는 작은 창문에서 들이친 희미한 빛이 마르
다의 어깨에 닿았다. 그러자 그 뒤로 커다랗고 흰 날개가 환
상처럼 펼쳐졌다.

⋯⋯날개?

날개의 그림자가 테이블 위에서 음식을 두고 싸우는 학원
생들 위로 드리워졌다. 기이한 장면이었다.

"도망쳐!"

큰 마리아의 외침이었다. 큰 마리아는 그렇게 외치고서 반
사적으로 내 손을 움켜잡았다.

"으아악!"

마르다와 가장 가까운 식탁 쪽에서 커다란 비명이 터져
나왔다.

학원생 하나가 머리카락을 거꾸로 흩날리며 허공에 붕 떠
올랐다. 한순간에 중력이 사라진 것만 같았다.

믿을 수 없었다. 사람이 떠오르다니. 하지만 이곳에서 비
정상적인 일은 이미 숱하게 일어났다. 그 어떤 정상도 이곳
에서는 무시될 것이었다.

천사와 신실함과 제물과 성모가 혼재된 기묘한 곳이었으니.

"사, 살려……!"

허공에 붕 뜬 학원생의 몸이 그대로 뒤틀렸다. 뼈들이 기이한 소리를 내며 비틀렸다. 순식간에 근육들이 튀어나오고 피부가 찢어졌다.

그곳에 선 모든 학원생과 수녀들이 허공에 매달린 끔찍한 아이를 올려다보았다.

뚝뚝뚝.

그 애의 몸에서 흐른 붉은 피가 테이블 가장자리, 위험하게 놓여 있던 와인 잔에 떨어졌다. 붉은 것 중에 가장 붉은 것이 잔을 채웠다.

"마셔라, 이것은 내 피이니."

그 말이 내 입에서 흘러나왔다.

"마리아!"

큰 마리아가 내 얼굴을 붙잡았다.

불처럼 타오르는 큰 마리아의 호박색 눈동자를 마주 보았다. 이 눈동자를 내가 어디서 보았더라? 분명히, 저 멀리에서…….

큰 마리아가 내 볼을 두드리며 말했다.

"아니, 저건 거짓된 피야."

거짓된 피. 이해할 수 없었다.

"다들 도망쳐! 천사라고!"

큰 마리아가 돌아보며 꼼짝도 못 하고 얼어붙어 있는 학원생들에게 소리쳤다.

천사라는 단어는 정신없이 음식을 탐하던 모두를 깨우기에 충분했다. 그동안 추수의 기간을 몇 번이나 거쳐온 이들이었다. 천사에 대한 공포는 이들 모두에게 뼛속 깊이 새겨져 있었다.

"피해, 얼른!"

큰 마리아가 다시 한번 외쳤다.

이쪽으로 마르다가 고개를 돌렸다. 신실한 마르다. 그래서 수녀들의 손에 제물이 된 마르다. 그리고 살아서 돌아온……

"살아서 돌아온 게 아니었구나."

유디트가 중얼거렸다. 그랬다. 마르다는 추수당하지 않고 살아서 돌아온 게 아니었다. 어쩌면 이미 추수당한 지 오래였는지 모른다. 마르다의 껍질을 입은 천사가 나머지 아이들을 흔들어놓은 거였다. 수녀들을 밖으로 내보내고 죄로 가득한 음식을 탐하도록.

음식을 꾸역꾸역 입에 집어넣던 아이 하나가 구토를 하며 테이블 위로 몸을 뺐었다. 손에는 미처 입에 넣지 못한 고깃덩어리가 들려 있었다.

옆에 있던 다른 아이 역시 비슷하게 발작했다. 눈이 뒤집히더니 그대로 테이블에 엎어졌다. 또 하나가 음식을 게워내곤 그 자리에 얼굴을 처박았다.

그걸 본 아이들이 비명을 질렀다. 테이블에 뒤늦게 달려들어 얼마 먹지 못했던 아이들이 제정신을 차리고 밖으로 뛰기 시작했다.

"복도로!"

문 쪽에 가장 가까이 있던 큰 마리아가 내 손을 잡고 외쳤다. 하마터면 넘어질 뻔했지만 큰 마리아가 잡아준 덕분에 겨우 흔들리지 않을 수 있었다. 우리가 나오자 아이들도 전부 복도로 향했다.

그러나 복도에 발을 디딘 순간, 갑자기 몰아치는 돌풍에 나무 덧문은 물론 창문들이 전부 굉음을 터트리며 깨졌다.

콰콰쾅!

"엎드려!"

큰 마리아가 나를 감싸 잡아 눌렀다. 위로 깨진 유리창의 파편이 쏟아져 내렸다.

나는 큰 마리아의 새하얀 볼에 작은 빗금을 친 것처럼 난 상처를 보았다. 내가 낸 것보다는 작은 상처였다. 다른 아이들도 전부 놀라 머리를 감싼 채 복도에 주저앉았다.

추수의 시간이다 추수의 시간이다 이제 진정한 추수의 시간이다

마르다의 목소리였다. 그러나 더 이상 사람의 것이 아닌, 천사화된 마르다의 목소리였다.

피에 젖은 마르다의 발이 우리가 도망친 복도의 끝, 네모 난 문 위에서부터 천천히 아래로 드리워졌다. 그 괴이한 장면을 지켜보는 아이들의 얼굴이 전부 파랗게 질렸다.

"성모님, 성모님……."

누군가가 애타는 목소리로 성모를 찾았지만 이곳에 우리에게 자비를 베풀 존재가 있을 리는 없었다.

"도망쳐야 해!"

하지만 어디로?

이들은 이제 도망칠 곳을 잃었다. 서로 다른 곳을 향해 뛰는 아이들이 서로를 짓밟거나 밀쳐댔다.

나는 혼란에 사로잡혀 그 광경을 멍하니 바라보았다. 짓밟힌 아이들이 처절하게 비명을 내뱉고, 천사가 그들을 향해 서서히 다가갔다.

도망치려고 애쓰나 도망치지 못하는 것들.

이곳이 바로 지옥이었다.

"마리아."

큰 마리아의 나지막한 목소리에 고개를 돌렸다. 큰 마리아의 눈동자만이 이곳에서 정확히 나를 바라보고 있었다.

"나를 믿어?"

참으로 묘한 말이었다. 여기서 누굴 믿을 수 있을까. 큰 마리아를 믿어도 되는 걸까. 그러나 의심은 지금 당장 필요한 게 아니었다. 큰 마리아가 나에게 말하지 않은 무언가가 있다는 걸 직감했다. 알면서도 일부러 하지 않은 이야기, 어떤 이유, 자신의 감정…….

그것들이 뭔지 아직 다 알 수는 없었지만 그래도 한 번은 믿어보고 싶었다. 그렇게 끝까지 갈 수 있기를 바랐다. 우리의 어딘지 모를 끝까지.

"응, 믿어."

내 단호한 대답에 큰 마리아가 환하게 웃었다.

천사가 이곳을 아무렇게나 뒤흔드는 와중에도 큰 마리아의 미소는, 그 자체로 아름다웠다. 어떤 상황에도 밝게 빛나는 미소였다.

"이쪽으로 와!"

큰 마리아가 나를 데리고 현관홀로 향했다.

그곳엔 원장수녀의 명령으로 쳐놓은 가림막이 아직도 그대로 걸려 있었다.

"여긴 왜……."

큰 마리아가 사정없이 가림막을 걷어냈다. 성모상이 있던 자리엔 구멍이 하나 뚫려 있었다. 성모상이 있었기에 이런 구멍이 있을 거라고는 누구도 상상하지 못했다.

그런데 그게 전부가 아니었다. 구멍 아래로 오랜 세월의 더께가 앉은 돌계단이 보였다.

"이 아래가, 진짜 성모원이야. 원래부터 이 자리에 있었던 뿌리."

"진짜 성모원이라고?"

"그래. 사실은 이렇게 바로 여기까지 데려올 생각은 없었지만 어쩔 수 없지."

무슨 뜻인지 되묻고 싶었지만 그럴 시간이 없었다. 천사들의 음습한 발소리가 사방에서 들렸으니까. 이곳에 우두커니 서 있기만 하면 마르다의 껍질을 뒤집어쓴 천사가 언제 나타날지 몰랐다.

나는 큰 마리아의 손을 잡고 지하로 내려섰다.

통로는 몹시 좁고 어두웠다.

자연히 생겨난 굴처럼 보였지만 사람의 손길이 닿았던 흔적이 분명하게 남아 있었다. 동굴의 벽면이 다듬은 것처럼 매끈했다.

"이쪽으로!"

먼저 앞서 나가던 큰 마리아가 돌아보지도 않고 말했다.

축축하고 차가운 공기가 목덜미를 휘감았다. 이상했다. 분명 처음 와보는 곳인데 왜인지 익숙한 감각이 치밀어 올랐다.

아니야. 나는 알고 싶지 않아, 알고 싶지 않아!

마음속 목소리가 머리를 가득 채웠다. 더 이상 나아가지 말라고. 뒷걸음질 치라고. 나는 점점 걸음을 늦추다 이내 고장 난 듯 멈춰 섰다.

따라오는 발소리가 갑자기 들리지 않자 큰 마리아가 뒤돌아보았다.

또 한 번 마주쳤다. 그 눈동자. 내가 잘 알고 있는 호박색 눈동자와.

"도망치고 싶어?"

큰 마리아가 가라앉은 목소리로 물었다.

도망칠 곳이라곤 이제 아무 데도 없는 걸 잘 알면서도, 마치 같이 도망쳐주겠다는 말처럼 들렸다.

"하지만 넌 그러지 못할 거야. 지금까지도 그랬으니까. 할 수 있다면 이미 도망쳤겠지."

이어지는 말은 이미 나의 과거와 현재를 알고 있다는 투였다. 그렇지만 나를 탓하는 건 아니었다. 그러지 못했던 나마저도 전부 이해한다는 말이었다.

큰 마리아가 다시 안쪽으로 발을 뗐다.

나 역시 마음을 가다듬고 그 뒤를 따랐다. 천연 동굴을 다듬어놓은 형태에 불과해 보였던 내부는 안으로 들어갈수록 점점 더 정교한 솜씨의 인공적인 모양새를 띠었다. 매끈한 벽은 곧 복도가 되었다. 그곳에는 스테인드글라스 대신 수많은 그림들이 그려져 있었다.

분명 누군가가 오랜 시간 동안 공들여 그린 것이었다. 그걸 누가 그렸는지는 굳이 물어보지 않아도 알 수 있었다.

잘 익은 금빛 밀로 가득한 그림이 유독 눈에 띄었다.

밀 한 알 한 알이 세세하게 전부 금으로 칠해져 있었다. 밀밭을 돌아다니면서 그것들을 추수하는 이들도 있었다.

그들의 머리 위에는 보란 듯이 헤일로가 그려져 있었다. 신이나 천사에게나 있을 법한 둥그런 금테였다.

쏴아아아.

귓가로 난데없이 소리가 들렸다. 나는 그것이 벽화에 그려져 있는 밀밭에서 불어오는 바람 소리 같다고 느꼈다.

'뭐지⋯⋯?'

다시 한번 벽화를 들여다보았다. 밀밭이 물결처럼 움직이고 있었다.

바람에 흔들리는 황금색 파도. 천천히 움직이는 그림, 잘 익은 밀들을 향해 번쩍이는 낫.

나도 모르게 손을 뻗어 황금색 줄기를 슬쩍 밀어냈다. 그러자 그림 속 밀밭 사이로, 그것이 보였다.

밭 아래 묻혀 있는 누군가의 얼굴들이.

훅.

누군가가 그쪽으로 나를 끌고 들어갔다.

저항하려 했을 땐 이미 그림 안으로 들어온 후였다.

손을 내려다보니 내 손엔 그림 속 천사들이 들고 있던 것과 똑같은 낫이 쥐어져 있었다.

익어가는 밀의 구수한 향기 그리고 그보다 더 짙은 피비린내, 낫 아래로 쓰러진 소녀의 모습, 그 위로 자라난 통통한 밀들.

나는 쓰러진 소녀가 숲 안에서 봤던 그 사람이라는 것을
알아차렸다.

*우리는 추수를 하는 자들, 추수에는 끝이 없으니 우리의
낫도 쉴 틈이 없음이라*

촤악, 촤악, 촤악.
밀이 베어질 때마다 땅에는 피가 흩뿌려졌다. 땅에 묻힌
누군가를 먹고 자란 밀들은 다시 피를 흩뿌렸다.

마리아

하늘은 불온한 주홍빛으로 물들었다. 땅부터 하늘까지 전
부 술렁이는 공기가 가득했다. 그 모든 세상이 나를 부르고
있었다.

마리아 마리아 마리아

고개를 돌리자 밀밭 사이에 휩싸인 성모학원의 검은 실루
엣이 드러났다. 성모학원은 새카만 숲 대신 금빛의 밀밭에
우뚝 솟아 있었다. 그러나 그 밀밭 아래 묻혀 있는 것들은
지금과 다를 게 없었다.

성모학원의 커다란 창문이 순간 내 눈으로 날아드는 것처럼 가까워졌다. 망원경을 눈앞에 대기라도 한 듯 창문 너머의 모습이 시야에 가득 들어왔다.

"마리아."

그 이름이 이번엔 내 입술에서 흘러나왔다.

창문 너머에는 지금보다 훨씬 더 어릴 적의 큰 마리아가 서 있었다. 나에게 보여주었던 표정 그대로, 고개를 든 채 어딘가를 올려다보고 있었다.

큰 마리아의 중얼거리는 소리가 바로 내 귓가 옆에서 속삭이는 것처럼 들렸다.

"언젠가는 나도 이곳의 신을 만날 수 있기를."

그 눈, 그 목소리, 그 열망.

분명 나의 기억 어딘가에 남아 있던 큰 마리아의 흔적이었다.

네가 불렀잖아 저 애를

땅과 하늘을 채운 공기가 웅웅거리면서 나에게 속삭였다.

"내가…… 불렀다고?"

너를 보여주고 신이 있다는 걸 믿게 하고 네가 가진 것들을 탐하게 하고 결국 이곳에 불러서 너를 찾게 했잖아

어린 큰 마리아가 올려다보는 그것.

그것이 무엇인지 이제야 겨우 내 눈에 들어왔다.

"마리아?"

그 순간 곁에 있던 큰 마리아가 나를 불렀다. 나는 조심스레 눈을 떴다.

나는 다시 어두운 지하 동굴 아래로 와 있었다.

큰 마리아의 손에 들린 촛불이 희미한 빛을 드리웠다. 눈이 어둠에 익자 내부의 광경이 겨우 보였다.

나는 큰 마리아를 따라 지하 동굴의 가장 깊은 곳으로 향했다. 이곳은 둥그런 홀이었다. 역시나 둥근 벽을 따라 벽화가 이어져 있었다. 다만 복도에서 본 것과 달리, 보통의 성화와 달리 하얀 백합이 가득한 들판만이 벽을 가득 채운 채 그려져 있었다.

가장 안쪽의 벽에는 투명한 재료로 만들어진 성모상이 하나 있었다. 아니, 그걸 성모상이라고 할 수 있을까? 아래로 파도치듯 풀어 헤쳐진 머리칼, 보통의 성모상과는 다르게 한쪽을 정확하게 직시하는 눈동자, 그리고 믿을 수 없게도…….

나와 똑같이 생긴 얼굴.

투명한 석상은 나였다. 먼저 본 장면에서 어린 큰 마리아가 멍하니 올려다보고 있던 것이기도 했다.

석상 앞의 제단에는 그림 액자가 하나 놓여 있었다.

"이건…….”

푸른 성모의 옷을 입고 있는 나!

나는 천천히 다가가 손가락으로 마른 물감 위를 쓸었다.

"나의 신이 어떻게 생겼을지, 정말 궁금했어. 내 세상을 만든, 내 단 하나의 목표. 네가 내 이름을 불러주었기에 나는 여기에 왔고 너를 찾아 줄곧 이곳에 머물렀어."

큰 마리아가 고해성사라도 하듯 속삭였다. 길고 긴 시간을 마음속에 묻어만 두었던 이야기를 꺼냈다.

"기억해? 내 이름."

큰 마리아가 떨리는 목소리로 묻자 자연스럽게 내 입에서 이름 하나가 흘러나왔다.

"승복……."

길게 길게 복을 잇는다는 뜻의 그 이름.

"승복아."

큰 마리아, 아니, 승복의 속눈썹이 파르르 떨렸다. 눈물에 젖은 승복의 눈이 열띤 것처럼 흔들렸다.

승복이 내 손을 잡아 제 뺨에 가져다 댔다.

"정말 듣고 싶었어. 네가 불러주는 내 이름을."

천천히 모든 기억이 되살아났다.

성모학원이 이곳에 세워진 이유. 학원을 둘러싸고 있는 검은 숲, 이곳에서 빠져나갈 수 없는 아이들 그리고 계속해서 추수를 되풀이하는 천사들.

"여기는 하나의 커다란 연옥……."

죄인들은 연옥을 빠져나갈 수 없었다.

"왜 여기에 있게 되었는지 알아야 한다고 말했지."

성모학원을 둘러싸고 있는 장막 같은 숲은 이곳에 있는 죄인들이 밖으로 빠져나갈 수 없게 하는 선이었다. 끝이 보이지 않는 지평선처럼 아무리 달려도 끝내 도달하지 못하는 선. 수없이 뻗어 나온 나무들로 가려진 선.

그 선을 넘을 수 있는 죄인은 이곳에 존재하지 않았다.

이곳에 떨어진 존재들은 자신이 어떤 죄를 지었는지 전부 잊어버렸다. 죄인들이 으레 그러듯 자신은 신실하고 맑은 영혼을 가졌다며 울부짖었다. 왜 이런 지옥에 떨어져야 하냐며 자신이 지은 죄를 부정했다.

죄는 피로서만 씻어낼 수 있었다.

그만큼의 희생, 스스로에 대한 뉘우침이 있어야 했다. 그러나 성모학원에 모인 존재들은 그러지 않았다. 그저 규율을 잘 따르면 죄에서 벗어날 수 있다고 스스로에게 믿음을 강요했다. 제멋대로 자비를 바랐던 것이다.

성모학원을 옭아매던 모든 기묘한 규율들은 허상이자 자위에 지나지 않았다. 그 안에 있어야 할 진짜 속죄는 없었고, 그래서 모든 기도는 공허하기만 했다. 헛된 기도를 몇 년, 몇 십 년, 몇백 년 반복해도 변하는 것은 없었다.

죄인들은 변하지 않았고, 말도 안 되는 악다구니만을 반복했다.

겨울이 올 때마다 천사들은 죄인들 가운데 하나를 베어 본보기를 세웠지만 그들은 그 뜻을 이해하지 못했다. 그 죽음으로 자신의 죄를 상기하는 대신, 무사히 이 겨울을 넘길 수 있게 되었다며 안심할 뿐이었다.

저들은 결코 구원받을 수 없는 것들이었다.

스스로 죄를 짓지 않은 순결한 영혼이라고 생각하는 것, 그렇기에 언젠가는 이곳에서 빠져나갈 수 있다고 맹목적으로 믿는 것. 그 모든 것이 악하고 또 악한 마음이었다.

그것은 나를 너무나 지치게 했다.

이 검은 숲 그리고 천사들, 눈과 차가운 바람, 성모학원을 둘러싼 모든 것이었던 나를.

저들의 기도를 들으면 들을수록 점점 더 미칠 것만 같았다. 숲과 천사들은 전부 또 다른 나였다. 이곳에 존재하는 모든 것들이 나를 이루는 것들이었다.

천사의 모습으로 저들을 추수할 때마다 나는 조금씩 마음을 잃었다. 나에게 맡겨진 이 짐이 너무나 무거웠다. 견딜 수가 없었다. 그렇게 천천히 분리되고 갈라졌다. 내 나름대로 나로서 존재해보려는 발악이었는지도 모른다.

매해 겨울마다 죄인들을 죽이는 천사로서의 자아와 이곳에서는 무엇도 더 이상 지속하고 싶지 않다는 자아를 조금씩 분리했다.

도망치고 싶어.

저들과 더 이상 있고 싶지 않아.

모든 걸 끝내고 싶어.

누가 나를 좀……

구원해줘.

얼마나 오랫동안 그런 기도를 올렸는지 몰랐다. 스스로에 대한 존재 감각이 희미해질 정도로 오랜 시간 동안 구원을 바랐다.

그리고 어느 날, 기적처럼 구원이 나에게 응답했다.

'언젠가는 나도 이곳의 신을 만날 수 있기를.'

그것이 내 구원이던 작은 아이와의 만남이었다. 첫눈에 알아차렸다. 내 기도에 대한 대답이 드디어 현신했다고.

그러니 놓쳐서는 안 된다고.

나는 그 애가 내 목소리를 듣고 내 마음을 이해할 수 있게끔 최선의 노력을 다했다. 어쩌면 그보다 더한 마음을 품었는지도 모른다. 그래서 더욱 애처롭게 그 애를 불렀다.

승복은 나를 위해 이곳에 왔다.

지옥보다 더한 곳에 제 발로 왔다.

그리고 이곳에서 도망치고 싶다는 일념 하나로 가득한 나를 숲에서 찾아내주고 보살펴주고 기다려주었다. 내가 스스로 누구인지 깨달을 때까지.

승복이야말로 나의 복이자, 구원이었다.

"나 때문에……."

승복이 천천히 고개를 저었다.

그녀가 내 얼굴을 가만히 들여다보았다.

승복의 숨결이 나의 숨결로 흘러들었다. 그녀의 숨결엔 뭐라 설명할 수 없는 찌릿한 감정이 뒤섞여 있었다.

"너 때문이 아니야. 스스로 내 세계를 지키고 싶어서야. 아무것도 아니었던 나를 네가 불러주었기에 내가 여기까지 올 수 있었어. 바깥에서의 내 세상은 이미 지옥이었어. 그러니 이런 곳으로 불러들였다고 죄책감을 갖지 않아도 돼. 내겐 네가 있을 이곳이 천국이나 다름없으니까."

나는 승복의 얼굴을 가만히 들여다보았다. 승복의 눈이 밝게 빛났다. 신에게 자비와 은총, 사랑을 갈구하는 눈빛이었다.

내가 입술을 달싹였다.

"……지금도, 나를 원해?"

그 말에 승복의 얼굴이 환해졌다.

이 검은 숲에서, 구원이라고는 한 조각도 없는 성모학원에서 나는 계속해서 누군가를 불렀다. 나를 이곳에서 끌어내 줄 누군가를. 그 누구도 응답하지 않았지만 오로지 승복만이 나의 부름에 답했다.

승복은 언제나 나를 열망의 눈빛으로 바라보았다. 나를 자신의 신으로 삼았다. 그리고 정말 이 지옥까지 내려와 내 손을 잡아주었다.

나는 다시 한번 물었다.

"지금도 나를 위해?"

"나는……."

승복의 입술이 벌어졌다. 하지만 승복이 채 대답을 하기 전에 커다란 굉음과 함께 지하 동굴의 천장이 무너졌다.

아아아아악!

천사의 껍질을 뒤집어쓴 학원생들의 목소리가 울려 퍼졌다.

성모학원은 끝없는 죗값을 치러야 하는 자들의 지옥이었다. 학원생들은 언제 찾아올지 모르는 죽음을 두려워했고, 천사들은 자신의 과거를 잊고 또 누군가를 해하는 죄를 되풀이했다. 이 안에서 그들은 서로를 죽이고 다시 머릿수를 채우고 누군가에게 또 죽기를 반복했다.

구원이 없는 세계.

그리고 나는 이 구원 없는 세계의 신이었다.

죄인들이 지옥에서 도망치지 못하도록 감시하는 유일한 존재였다.

아아아아악!

한 천사가 무너져 내린 천장 위에서 날아들었다. 그 천사는 아네스의 얼굴을 하고 있었다.

"네가, 네가 구원받을 수 있을 거라 생각해?"

아네스의 눈에서는 새빨간 눈물이 뚝뚝 흘러내렸다. 그건 나와 승복, 둘 모두에게 묻는 거였다.

"아니, 절대 그렇게는 안 돼!"

곧이어 다른 천사들도 하나둘 내려앉았다.

마르다, 요한나, 유디트…….

그들은 이곳의 학원생인 동시에 결국은 언젠가 또 다른 자신을 추수할 천사들이었다.

"지금까지 우리를 이 지옥에 가둔 건 너잖아. 그런데 네가 어디를 갈 수 있어?"

"절대 우리를 떠날 수 없어. 이곳이 지옥이라면 우리는 영원히 함께 있어야 해!"

"다시 들리자, 우리의 신에게 낫을 들리자."

그들의 속삭임이 소음처럼 이어졌다.

나는 문득 손을 내려다보았다. 시뻘건 피에 젖은 낫이 어느새 손에 들려 있었다. 피의 뜨거운 온도가 생생히 느껴졌다.

"그걸 잊으면 안 되지. 결국 너도 우리와 똑같아. 똑같다고!"

목소리가 내 귓가를 가득 채웠다.

"아니야……. 난 이런 거, 하고 싶지 않았어."

천사들이 낄낄대면서 웃었다. 그들의 성심 어린 웃음소리가 날카롭게 귀를 찔렀다.

나는 귀를 막았다.

너는 나갈 수 없어 나갈수 없어 나갈수없어 나갈수없어나
갈수없어

"싫어!"

단 한 번의 외침에 천사들의 목소리가 사라졌다. 그리고
고개를 들자, 모든 게 바람에 날아가버렸다.

"아……."

딛고 선 곳은 다시 지상이었다.

사방에는 성모학원을 둘러싼 무덤에서 반쯤 빠져나온 해
골과 뼈들만이 가득했다. 주변의 그림자와 숲들이 조용히
움츠러들었다.

파삭.

발을 뻗어 딛자 그 아래로 오래된 뼈들이 부서져 내렸다.
이윽고 누군가의 장중한 기도 소리가 바람에 실려 들려왔다.

이곳에 깃든 것들이 다른 곳으로 나갈 수 없도록 아래로
파묻고 벽을 세워 가두고 숲을 둘러 가리고 모든 시간을 다
시 되풀이하고 또 되풀이해서라도…… 영원한 추수의 시간
에 못 박히게 하리라

그 기도문을 읊조리는 목소리는 나의 것이었다.

그제야 나는 내가 왜 성모학원으로 오기 전 기억이 아무것도 없었는지 깨달았다. 그건 내가 선택한 것이었다.

나는 이곳에서 지옥의 문을 지키는 신으로, 계속해서 이들이 검은 숲을 지나 바깥으로 나가지 못하게 가두고 없애고 또 없앴다. 그러다가 나 자신도 사라진 거였다. 인간도 아닌 것들을 상대하며 계속 추수를 하고 이들을 벗어나지 못하게 하는 것이 나의 모든 것이었다. 지금까지 그것을 지켜왔다.

내리는 눈 사이로, 천사들이 내 옆에 나타났다.

"우리는 계속해서 다시 태어날 거야."

"네가 지칠 때까지."

천사들이 각자 한마디씩 나에게 던졌다.

"다시 태어나고 다시 태어나다 네가 포기하면."

"우리는 이곳에서 빠져나갈 거야."

"그럼 네가 한 모든 일은 결국 아무것도 아니게 되겠지."

"너의 가장 굳은 믿음도."

"신실함도, 사랑도."

"전부 없어질 거야."

나는 전부 없어질 것을 위해 지금까지 달려온 걸까?

"너에게 남은 게 뭐가 있지?"

천사가 된 아녜스가 나에게 속삭였다.

내 두 손엔 아무것도 남지 않았다.

"네가 이렇게까지 한 걸 그 누가 알 것 같아? 아무도 몰라. 영원히."

정말 그랬다. 내가 여기서 모든 힘을 다해 이것들을 이 숲에 가둬두고 있었다는 걸, 그 누가 알까. 스스로를 망가뜨리면서까지 이들을 막고 있었나는 걸.

"생각해봐. 네가 언제까지 이렇게 할 수 있을 것 같아? 이제는 우리와 함께 가자."

아녜스가 아름다운 미소를 지으며 손을 내밀었다.

나는 멍하니 천사의 후광을 바라보았다. 어쩌면 이 손을 한 번 맞잡는 것으로 영원히 편해질 수도 있지 않을까.

"나에게……."

"마리아!"

그때 승복의 목소리가 들렸다.

다른 천사들에게 붙잡혀 있던 승복이 커다랗게 외쳤다.

"내가 말했잖아! 나만은 너를 생각한다고! 내 세계는 너였다고! 네가 처음으로 나에게 왔을 때, 나는 네 이름도 네가 어떤 존재인지도 몰랐지만……!"

승복의 하얀 얼굴, 호박색 눈동자, 나를 향해서만 빛나는 그 눈.

"그저 네가 있다는 사실만으로 여기까지 왔어. 네가 이곳에 와서 구해달라고 했을 때, 그때부터 나는 너를 다시 만나기 위해 살았어. 네가 아니었다면 나는 그림도 그리지 않고 그냥 죽었을 거야. 그러니까 이제는 내가 너를 살릴게."

"……승복."

"그래, 내가 너를 알아봤고 네가 나를 불렀지. 네가 원했잖아. 더 이상 이 긴긴 시간을 반복하고 싶지 않다고. 그래서 내가 여기에 온 거야. 너만을 위해."

너는 나의 신이니까.

승복이 하지 않은 마지막 말까지 내 귓가에 고스란히 들렸다.

"싫어! 안 돼!"

천사들이 커다랗게 소리쳤다. 사방이 울렸다.

"우리를 떠날 수 없어! 너희는! 너희는!"

천사들의 비명에 성모학원이 금방이라도 무너질 듯 흔들렸다.

나는 손을 내밀었다. 나만을 위해 지옥까지 내려온 나의 참된 복을 향해.

"승복."

승복의 호박색 눈동자가 밝아졌다. 나를 볼 때면 언제나 그랬듯이.

"너도 내 이름을 불러줘. 네가 나에게 준 그 이름 말이야."

내 말에 승복이 손을 잡으며 천천히 입을 열었다.

"마리아."

나의 모든 것.

나의 세상.

내 사랑.

승복이 내 이름을 부르자 사방이 새하얀 눈으로 뒤덮였다. 한 치 앞도 보이지 않을 정도로 펼쳐진 눈이 모든 것을 지웠다.

검은 숲을, 천사들을, 성모학원을, 그 안에 깃든 모든 것들을.

이곳에서 눈은 두려움이었다. 그러나 더 이상 나와 승복에게 눈은 두려운 존재가 되지 못했다.

두 소녀가 마침내 손을 맞잡았다.

한없이 내리던 눈이 그쳤다.

다른 것은 아무것도 없었다. 남은 것은 오로지 두 소녀뿐이었다.

에필로그

삭삭.

커다란 붓이 캔버스 위를 거침없이 가로질렀다.

붓을 쥔 이는 눈 하나 깜빡이지도 않고 자신이 만들어낸
선을 뚫어져라 바라보았다. 거친 선들은 제멋대로 구불거리
고 갈라지고 예상치 못한 곳에서 끊겨 있었다.

그런 점들이 이 그림을 더욱 매력적으로 보이게 했다. 승복
은 그것이 자신의 살아온 흔적과도 같다고 생각했다.

"승복아, 넌 작업 좀 더 할 거지?"

뒤에서 들려온 목소리에 반응하듯 승복이 고개를 돌렸다.
함께 작업실을 사용하는 사람이 가방을 챙겨 드는 게 보였다.

"네. 친구가…… 오기로 해서요."

"아, 거의 맨날 찾아오는 그 친구? 둘이 엄청 친한가 보네.
하긴, 이 많은 그림들, 전부 그 애를 그린 거지?"

모두 한 사람을 그렸다니, 이상한 질문 같았지만, 승복은
대답 대신 엷은 미소만 지었다.

"그럼 나 먼저 갈게. 내일 보자."

"응. 잘 가요, 언니."

인사까지 하고 나서 승복은 다시 그림 앞으로 돌아왔다.

작업실 한쪽 벽면을 가득 채운 커다란 창문에서 햇빛이 흘러들었다. 햇빛은 그림을 놓은 이젤 바로 앞으로 미끄러지듯 떨어졌다.

승복이 가느다랗게 눈을 뜨고서 발 앞에 내리쬐는 햇빛을 보았다. 창문 너머로는 넘실거리는 신록의 풍경이 반짝거리며 펼쳐져 있었다.

굳이 이런 외딴곳에 작업실을 마련한 건 푸르른 창밖 풍경 때문이었다. 살짝 열어둔 창문 틈 사이로 풀 향이 은은하게 새어 들어왔다.

짙게 깔린 여름빛이 반짝거리는 숲.

흰 눈과 검은 나무와 잿빛 하늘로 둘러싸여 있던 음습하고 불길한 숲과는 전혀 달랐다. 죽은 것들만 차고 넘치는 숲이 아닌, 살아있는 것들의 생기로 가득한 숲.

잠깐 창밖 풍경을 홀린 듯이 내다보던 승복이 캔버스로 다시 시선을 돌렸다. 짙은 호박색 눈동자가 바라보는 캔버스엔 청록색 배경을 뒤로하고 다소곳이 선 여자가 그려져 있었다.

"……."

승복이 찬찬히 자신이 그려놓은 그림을 살폈다.

붉은색 옷을 단정하게 차려입고 구불구불한 긴 머리칼을

늘어뜨린 여자의 얼굴.

정면을 쏘아보는 화살촉처럼 날카로운 눈빛.

그녀의 하얀 손에 들린 것은 흰 백합. 그러나 백합은 여자의 손에 의해 모가지가 뚝 꺾인 상태였다.

꺾인 백합의 줄기에서 투명한 액체가 아래로 흘러내렸다.

꺾인 꽃은 다시 피어날 수 없다.

그건 승복과 마리아의 선택이었고 결정이었다. 다시는 그 어둠과 그 숲속으로 돌아가지 않겠다는 다짐.

그 안에서 거짓된 구원을 위해 그림을 그리던 승복은 이제 자기 자신만을 위한 그림을 그리고 있었다.

승복은 손을 아래로 뻗어 붓을 집어 들었다.

황금빛 물감을 듬뿍 머금은 붓이 이번엔 짙은 청록색 배경 위, 여자의 머리 근처에 둥근 반원을 그려냈다. 성스러운 사람에게만 그릴 수 있는 후광이었다.

푹 적신 붓이 지나간 자리에 채 마르지 못한 물감이 아래로 자국을 내며 흘러내렸다. 마치 그림 속 사람의 눈물처럼.

승복은 자신이 데리고 나온 그 존재를 떠올렸다.

그 안에 얼마나 깊은 눈물이, 슬픔이 있을지 가늠할 수 없었다. 자신은 한낱 인간이었고 그녀는 다른 어떤 존재였으니까. 그러나 상관없었다. 그것을 천사라고 하든 신이라고 부르든 승복에게는 문제가 없었다.

그녀에게 선택받고 부름받은 승복은 그녀를 이곳으로 데

리고 나왔고, 그 눈물이 전부 마를 때까지 옆에 있어줄 생각이었으니까.

"그게 이번에 새로 선보일 작품이야?"

귀에 익은 목소리가 뒤에서 들려왔다. 승복의 긴 속눈썹이 가볍게 떨렸다.

"응."

"……마돈나."

옆에 적어둔 작품명을 읽는 목소리에는 물기 가득한 감정이 깃들어 있었다. 승복이 천천히 고개를 들어 옆으로 다가온 사람을 바라보았다.

"이제는 내 머리, 이렇게 길지 않은데."

마리아의 목덜미에서 단발로 자른 머리칼이 파도처럼 일렁였다.

"다음 그림에는 반영될 거야."

"매번 이렇게 같은 것만 그려도 괜찮은 거야?"

"나에게는 제일 중요한 모티브니까. 하지만 조금씩 달라지고 있잖아. 네가 달라지고 있는 것처럼."

마리아가 손을 천천히 쥐었다가 이내 다시 폈다.

"변한다는 건 참 신기하지. 그 안에서는…… 그렇게 오랜 시간 동안 늘 똑같았는데 말이야."

아까보다 조금 더 길게 들어온 햇빛이 가만히 서 있는 마리아의 그림자를 길게 늘였다가 다시 사라지게 했다.

"환영해. 이쪽 세계에 온 걸. 앞으로는 그런 변화도 익숙해질 거야."

"정말 그럴까?"

"그럼. 그리고 네가 어떻게 변하든 항상 내가 곁에 있을 테니까."

마리아의 얼굴에 옅은 미소가 번졌다.

승복의 눈이 가느다래졌다. 쏟아지는 햇빛을 마주 본 사람처럼.

마리아가 자신을 담은 그림을 들여다보았다. 성화의 모든 법칙을 깬 마돈나였다. 욕망을 상징하는 붉은빛 옷과 꺾인 백합과 변절자를 뜻하는 초록빛을 담고 있는 마돈나.

아직 채 굳지 않은 금빛 물감을 마리아가 손으로 쿡 찍었다. 그러자 마리아의 손자국이 그대로 남았다.

"이거……."

어떡하느냐는 듯 묻는 마리아의 난처한 표정을 보며 승복이 피식 웃었다.

"지장이라도 찍었다고 생각하지 뭐."

"그래도 되는 거야?"

"뭐 어때."

승복이 마리아의 손가락을 살포시 잡고 끝에 묻은 금색 물감을 지워주었다. 그녀의 몸짓을 가만히 지켜보던 마리아가 입을 열었다.

"아직도 가끔 잠에서 깰 때면 눈이 내리는 소리가 들리는 것만 같아."

몸을 감싸는 차가운 한기, 끝없이 펼쳐진 무거운 회색빛 하늘. 훅 코끝을 스치던 피비린내.

승복이 마리아의 손을 꽉 잡았다.

"그것도 언젠가는 잊힐 거야. 여기서는 다 변하니까. 영원한 겨울은 없어."

"……응, 변하겠지."

고개를 힘주어 끄덕이며 마리아가 표정을 풀었다. 이번에는 승복이 물었다.

"정말 그 이름으로 계속 지낼 거야?"

마리아가 살짝 고개를 옆으로 기울였다.

"왜?"

"그 이름이…… 그곳에서의 시간을 떠오르게 하는 건 아닌가 싶어서."

이번엔 마리아가 승복의 손등을 쓸었다.

"네가 나에게 준 첫 번째 선물이잖아. 네 이름을 따서 지은 거니까. 이름이 불릴 때면 난 너를 생각해. 다른 무엇이 아니라."

"그래. 그러면 됐어."

승복의 깨끗한 대답에 마리아가 고개를 끄덕였다. 승복이 입고 있던 앞치마를 벗으며 물었다.

"저녁에는 다른 일 없지? 돌아가면서 저녁으로 먹을 것 좀 살까? 저쪽에 새로운 가게가 열었던데……."

승복의 말을 귀에 담으며 마리아가 살짝 몸을 틀어 발을 옮겼다.

마리아의 구두 아래로 도마뱀 같은 그림자가 밟혔다. 밟힌 그림자가 꼬리를 세차게 흔들며 저항했지만 구두 밖으로 빠져나올 순 없었다. 곧 움직임을 멈춘 그림자가 바닥 아래로 스며들 듯 사라졌다.

"마리아?"

승복이 다시 부르자 마리아가 고개를 들었다.

"아, 그래. 거기서 저녁거리를 좀 사면 좋겠네."

"그럼, 가자."

승복을 따라 마리아도 천천히 걸음을 옮겼다. 이제 작업실 안은 다시 쾌청한 바람으로 가득해질 것이다.

"응, 가자."

바라는 건 오직 하나.

앞으로도 이렇게 우리가 서로의 구원이자 세계가 될 수 있길.

원담시 괴사건 보고 ②

성모학원

이것은 원담시 이면에 존재하는 그들에 대한 기록이다.

#0 ————————————————————————

원담시에 온 뒤부터 잊고 있던 그 말이 자꾸만 환청처럼 들려왔다. 유년 시절 우리를 지독히도 괴롭히던 목소리로.

엄마가 단식 때마다 반복하던 소름 끼치는 말이었다.

외따로 움직이는 그림자를 조심해.

나는 이제야 그 말의 뜻을 조금쯤 이해하게 됐다.

#1 ─────────────────────────

적장의 목을 베는 유디트.

첫 번째 괴사건 발생지로 추정되는 메아리산장을 찾아 공마산
에 갔다가 인근에 새로 지어진 캠핑장에서 받아 온 그림의 이름이
었다. 성서에 나오는 인물 유디트가 조국을 침략한 적장의 목을 베
는 장면을 그린 것이었다. 수많은 화가에 의해 그려진 것으로 유명
한데, 내가 받아 온 그림은 그것들과 조금 달랐다. 그려진 인물에게
는 얼굴이 없었다.

덧대어 칠하거나 지운 것이 아니라 애초에 그리지 않은 것처
럼 말끔해 더욱 기묘했다. H가 남몰래 내게 전한 원고에 적힌 대로
'얼굴 없는 그림'이었다. 얼굴 없는 그림이 언급된 건 석모산에 관한
정보가 나열된 글 사이였다. 어김없이 의미심장한 문장이 숨겨져
있었다.

원담시를 북쪽으로부터 둘러싸고 있는 석모산은 수녀원이 있던 성지였다고 전해진다. 성모마리아상이 무엇인지 모르는 사람들이 산 깊은 곳에 돌로 빚은 엄마의 형상이 있다 하여 '석모'라고 불렀다는 설도 전해진다. 한때 독립군의 은신처이기도 했으며 1930년경 일제에 의해 적발되어 십수 년간 입산이 전면 금지되기도 했다.

석모산에서 '얼굴 없는 그림'을 발견했다는 제보를 받았다. "더 알고 싶다면 성모학원으로 가보세요"라는 메시지와 함께. 성모학원. 그곳은 실재한다. 단 검은 숲을 지나야만 갈 수 있다. 쭉정이의 목을 베는 천사가 거거하는 곳. 깊은 겨울에 그곳에 발 들이는 것은 자살 행위나 다름없지만 나는 갈 수밖에 없다.

석모산은 아름답지만 위험한 것으로 유명하다. 겨울에는 폭설의 영향을 크게 받아 일부 통행로를 제외하고는 대부분 출입이 금지된다. 무턱대고 들어섰다가는 눈길에 고립될지도 모른다. 석모산의 절경을 보고 싶다면 봄가을에 찾아가길 권한다.

머리가 복잡해졌다. 이 그림은 무엇인지, Y는 왜 그림을 맡겼고 어떻게 내가 찾으러 올 걸 알고 있었는지, H는 왜 성모학원으로 갈 수밖에 없었는지, '쭉정이의 목을 베는 천사'라는 말은 도대체 무슨 뜻인지…… 단서를 발견할 때마다 이해할 수 없는 것들이 늘어났다. 맞춰지지 않는 퍼즐 조각을 손에 가득 쥔 심정이었다.

　무엇 하나도 확신할 수 있는 것이 없었다.

　남겨둔 의도를 알 수 없는 H의 원고와 반쯤 정신이 나간 여자의 중얼거림은 절묘하게 연결되었지만 그게 이 일들이 사실이라는 증거가 되지는 못했다. 목에 하현달을 새긴 여자가 Y라는 증거도 없었다. 어쩌면 Y일지도 모른다고, Y가 연관되어 있을지도 모른다고 나 혼자 지레 두려워한 것뿐이었다. 괴물이나 천사가 존재한다는 것부터 충분히 터무니없었다.

　적어도 아직까지는 그랬다.

　이 가정들을 가정으로 남겨두지 않으려면 모호하게 가려져 있는 대전제를 알아내야 했다.

　이번에도 나는 이어진 단서들이 가리키고 있는 곳으로 향했다.

#2 ————————————————————————

공마산 중턱에서 피어난 두려움은 석모산의 숲으로 이어졌다. 석모산은 공마산과 골짜기 하나를 사이에 두고 붙어 있는 산이었는데 분위기는 사뭇 달랐다. H가 원고에 적어둔 대로였다. '동절기 입산 금지' 팻말이 곳곳에 세워져 있었다. 다행인 건 그저 안내되어 있을 뿐 길이 막혀 있지 않다는 점이었다.

나는 팻말의 싸늘한 경고를 무시하고 숲으로 발을 들였다.

산세는 갈수록 험해졌다. 인적이 없는 만큼 소복이 쌓인 눈이 무거운 걸음을 더 무겁게 붙잡았다.

사람들은 대부분 석모산 숲속에 오래전부터 성모학원이 있었다는 걸 알았다. 하지만 그곳에 대해 자세히 아는 사람은 없었다. 자세히 물어보면 하나같이 다른 소리를 했다.

거기요? 교단에서 운영하는 보육시설 아니에요?

미술 쪽으로 공부하는 학생들 다니는 데죠. 예고 같은 거.

왜 그런 데 있나 몰라요. 사람들도 통 나오질 않고.

직접 가봤다는 사람은 없었다. 가는 길을 아는 사람도 없었다. 다들 안다는데 지도에도 나오지 않았다. H가 적어둔 말이 유일한 안내였다.

검은 숲을 지나야만 갈 수 있다.

깊은 겨울에 그곳에 발 들이는 것은 자살 행위나 다름없다.

두렵지 않다면 거짓말이었다. 살을 에는 추위가 공포심을 점점 키웠다. 아직 낮인데도 어느새부터 주위가 조금 어두워졌다. 이르게 해가 떨어질지 모르니 머지않아 다시 아래로 걸어야 했다. 벌써 너무 깊은 곳까지 온 것은 아닌지 걱정스러웠다.

묘연한 기척이 느껴져 올라온 길을 돌아보았다.

그 느낌은 기어오르듯 가까워졌다. 산 아래를 둘러보던 시선이 이내 발아래로 내리꽂혔다.

내 그림자가 소스라치듯 움직이고 있었다.

외따로 움직이는 그림자를 조심해.

또다시 그 소름 끼치는 환청이 들렸다.

그림자를 지켜보라고 했잖아! 그림자가 홀로 움직이기 시작하면 없애는 수밖에 없어. 어디에 있든 그들이 찾아올 거라고!

엄마의 공포에 잠식된 표정이 떠올랐다. 나는 곧 깨달았다. 증오해 마지않던 그 표정을 지금 내가 짓고 있다는 것을. 엄마의 말은 광언이 아니었다.

숲 너머에서 커다란 비명이 들려왔다.

아아아아악!

뇌리를 파고드는 소리에 전율한 나는 그 자리에 쓰러졌다.

정신이 희미해지는데 누군가가 눈밭을 파헤치며 다가오는 것이 보였다. 짙은 남색의 로브 같은 것을 입은, 작은 날개를 펼쳐 보인 천사였다.

#3 ────────────────────────────────

눈뜬 곳은 성모학원이었다. 낯설었지만 알 수 있었다. 창 너머에
는 드넓고 검은 숲이 있었고 이곳 사람들은 수도복을 입고 있었다.

이곳엔 어떻게 찾아오셨어요?

내가 몸을 일으키자 곁에서 간호하던 젊은 수녀가 물었다. 왜
왔냐고 묻는 건지, 어찌 험한 길을 뚫고 왔냐고 묻는 건지 헷갈려
바로 대답할 수 없었다.

외부인이 드나들지 않는 곳이거든요. 특히 겨울에는요.

다행히 경계하는 기색은 없었다.

숲에서…… 천사를 봤어요.

나는 이곳에 온 이유보다 먼저 그것을 떠올렸다.
수녀는 안온하게 미소를 지었다.

*행사가 있었어요. 다른 학교에서도 매년 하는 축제 비슷한 거
예요. 천사 분장을 한 학생이 숲에 들렀다가 모셔 온 거고요.*

믿기 힘들었지만 사실인 듯했다. 수녀의 말은 조곤조곤 태연했고 간간이 드나드는 학생들은 정말로 작은 날개를 달고 있었다.

하지만 의문은 그뿐이 아니었다.

천사만이 아니에요. 숲에서 그림자가 움직이는 걸 봤어요. 저는 가만히 있었는데…… 제 그림자가 제멋대로 움직였어요. 꼭 살아있는 것처럼요.

그 순간 내내 평온하던 수녀의 표정이 흐트러졌다. 무언가 알고 있는 것이 분명했다. 헛걸음이 아니었다.

얼굴 없는 그림을 갖고 있어요. 그것에 대해 알고 싶어서 이곳까지 찾아왔고요. 말씀해주세요. 제 여동생을 찾고 있어요. 부탁드립니다.

수녀의 표정이 급작스레 어두워졌다.

그림자가…… 혼자서 움직였다고요?

수녀의 물음은 어째서인지 좌절스럽게 느껴졌다. 다급히 주위

를 살피는 것을 보니 조금 놀란 듯 보였다. 벌어져서는 안 되는 일
이 벌어진 것을 목격한 사람처럼.

나는 덧붙여 설명하는 대신 가만히 고개를 끄덕였다.

주위에 아무도 없는 걸 확인한 수녀는 이내 떨리는 손을 조심
스럽게 모아 기도했다. 그러고서 말을 고르듯 몇 초간의 정적을 흘
려보낸 뒤 입을 떼어 물었다.

이 또한 운명이겠죠. 수개월 전에도 한 남자분이 찾아와 그림
에 대해 물으셨어요. 그때는 말씀드리지 않았는데 그림자가 움직
이는 걸 보셨다니 어쩔 수 없겠네요. 다행히 지금은 사정이 달라요.
사라졌으니까요. 전부 다.

수개월 전 찾아왔다는 남자는 H일 것이다. H는 이곳에서 이렇
다 할 정보를 얻지 못한 듯했다.

죄인들이었어요. 결코 구원받을 수 없는 사람들이었으니 그림
에 얼굴을 새길 수 없었죠. 죄인들은 긴 세월 동안 이곳에서 죽어가
며 벌을 받았어요. 하지만 이젠 없어요. 죄인들도, 죄인들을 벌하던
천사도 사라졌거든요.

죄인, 구원, 죽음, 벌……. 수녀가 꺼내놓은 말들은 황당했다. 이곳이 죄인을 가두는 수용소였다는 걸까? 수녀의 수수께끼 같은 말은 계속 이어졌다.

그림자가 홀로 움직였다는 건, 그들이 당신을 지켜보고 있다는 뜻이에요. 조심하세요. 어쩌면 오래전부터 보아왔는지도 모르니까요.

'그들'이라면…… 엄마가 하던 말과 비슷했다. 잠자코 들으려 했지만 이번에는 참을 수 없었다. 나는 쌓아온 감정을 쏟아내듯 물었다. 그들이 누구냐고. 어디서, 왜 나를 지켜보느냐고. 도대체 무얼 조심하라는 거냐고.

그러자 수녀가 한숨을 내쉬고서 말허리를 끊었다.

더 자세히 말씀드릴 순 없어요. 여동생을 찾고 있다고 하셨죠? 아무리 위험해도 찾아야겠다면, 그림자의 뒤를 밟으세요. 그들은 이미 이곳에서 눈을 돌렸어요. 지금쯤이면 다른 곳을 찾았을 거예요.

수녀의 태도는 단호했다. 무표정한 얼굴로 나를 빤히 바라보던 수녀는 이어 단조롭게 덧붙였다.

대신, 천천히 돌아가셔야 해요. 오래전 흔적부터 되짚어서요.
그러지 않으면 정말로 위험해질지도 몰라요.

이것이 수녀가 내게 말해준 전부였다. 수녀는 말을 끝맺고서
다시 평온을 가장한 표정을 지었다. 그 후로는 그 어떤 질문에도 답
해주지 않았다. 내내 미소를 지으면서도.

*

수녀의 조언은 틀림없었다.

나는 천천히 그림자를 쫓았다. 역시나 H의 원고에서 실마리를 찾
을 수 있었는데, 조급한 마음을 덜어야만 알아낼 수 있는 것이었다.

그림자가 닿은 곳은 몇 년 전 새로 지어진 고급 주택단지, 원담
힐타운하우스. 그곳에도 불이 피어오르기도 전에 흩날리는 재처럼
불가사의한 재앙이 찾아와 있었다.

마리아와 마리아

1쇄 발행 2024년 9월 2일

지은이 박에스더(마리아와 마리아)
호러블가든 개발팀(원담시 괴사건 보고)
펴낸이 배선아
펴낸곳 고즈넉이엔티

출판등록 2017년 3월 13일 제2022-000078호
주   소 서울특별시 마포구 성지1길 35, 4층
대표전화 02-6269-8166 **팩스** 02-6166-9199
이 메 일 gozknockent@gozknock.com
홈페이지 www.gozknock.com
블 로 그 blog.naver.com/gozknock
페이스북 www.facebook.com/gozknock
인스타그램 www.instagram.com/gozknock
X(트위터) https://x.com/Horrible_Garden